庫

陰　陽　師

蒼猴《そうこう》ノ巻

夢　枕　獏

文藝春秋

目次

陰陽師《おんみようじ》

蒼猴《そうこう》ノ巻

鬼市
おにのいち

一

庭の桜が、満開なのである。

はなびらの重さで、枝が下がり、たれかが樹の下で足踏みすれば、震動でその枝が折れそうなほどだ。

夜――

冷たい夜気の中で、透明な闇が、桜を包んでいるのである。

その闇の中で、月光を受け、桜がしらしらと光っている。花びら一枚ずつのことでいえば、蛍よりも淡く、はかなげな光であるのだが、それが、幾千、幾万、幾百万の数になると、仏の世界の光明が、遥か西方浄土から微《かす》かにここまで届いてきているようにも見えるのである。

土御門大路《つちみかどおおじ》にある安倍晴明《あべのせいめい》の屋敷――

その簀子《すのこ》の上に座して、晴明と博雅《ひろまさ》は酒を飲んでいるのである。

燈台に灯りがひとつ。

晴明は、柱の一本に背をあずけ、片膝をたてて、さっきから、酒の入った杯を、紅い唇に運んでいるのである。

博雅は、庭の桜に眼をやりながら、うっとりと溜め息をついては、杯の酒を乾《ほ》しているのである。

「おい、晴明よ」

博雅が言った。

「何だ博雅」

晴明は、口に運びかけた杯を宙で止め、博雅を見た。

「あの桜だがな――」

「うむ」

「こうして酒を飲みながら眺めていると、おれには、あの花びらの一枚一枚が、仏のように見えてきてしまうのだよ」

「ほう、何故だ?」

「花びらは、これから散ってゆくだろう」

「うむ」

「しかし、それは、次の年に花をまた咲かすために散ってゆくのだろう？」

博雅は、手にしていた杯の酒をそこで乾し、桜を見やった。

「花びらは散って、自然《じねん》の元《もと》へかえってゆき、地の気となって溶けてゆく。その地から、桜は気を吸《く》みあげてまた梢に花を咲かす。してみるとこれは、ただ桜のことのみでなく、あらゆる花、あらゆる樹に言えることなのではないか。そう考えてみれば、これは、人や、牛や馬、鳥や虫にまで通じてくることなのではないか――」

「うむ」

「人や牛や馬、鳥や虫だけではない。そこらに落ちている石や、土、砂、塵《ちり》、芥《あくた》や、我らが身に付けているかのような衣《きぬ》やそこらの調度の品も、また、そのようなものではないかとおれには思えてくるのだよ――」

「だな」

「空海《くうかい》和尚の教えの中に、この世の全ての根本には、大日如来《だいにちにょらい》という仏がおわし、他の全ての仏は、この大日如来の現われであるということがあるではないか」

「あるな」

「これは、仏のことのみでなく、この世にある、桜も含めた樹や花や芥や鳥や牛や馬、石や砂や、土、衣や調度から何から全てのものが皆仏であるということではないか
――」

「そうだな」

「してみれば、あの桜の花びらのひとつずつが仏に見えたとしても、それはあながち、おれが今、酒に酔うているためばかりではないと言うてもかまわぬのではないか。おれは、そういうことを言っているのだよ、晴明――」

「美しいな……」

晴明は、つぶやいて、宙で止めていた杯を紅い唇にあてて、中の酒を乾した。

「美しい？」

「うむ」

「何がだ」

「おまえが今口にした言葉がさ」

「言葉？」

「その言葉に盛られた考えや、想いが美しいということさ。美しきものの中には、真実《まこと》が潜《ひそ》んでいるということだな……」

「何のことだかよくわからぬが、わからぬということは、晴明よ、おまえ、もしかして、また呪《しゅ》の話をしようとしているのではないか――」

「そうさ、この世のあらゆるものの中《うち》に仏がおわすように、この世のあらゆるものには、呪が盛られているのだ」

「おい、やめてくれ。晴明、呪の話をされると、おれは頭の中がこんがらがって、何の話をしているのか、されているのか、わからなくなってしまうからな――」

「いや、これはおまえが思うほどややこしい話ではないのだ」

晴明が言った時――

「晴明様――」

と、声がした。

見れば簀子の向こうに蜜虫《みつむし》が立っていて、

「ただいま、藤原兼家《ふじわらのかねいえ》様おこしにございます――」

そう告げた。

「おう、こられたか」

晴明はうなずき、

「では、こちらへお通ししてくれ」

そう言うと、すぐに蜜虫は姿を消した。

「助かった。おまえに呪の話をされるのは、疲れるからな。ところで、兼家殿は、いったい何の御用なのだ」

ほっと溜《た》め息《いき》をついてから、博雅は言った。

「それが、おれにもまだわからぬのだ」

「ほう」

「今日の夕刻に、兼家様の使いの者がやってきて、相談したきことがあるので、ぜひにも今夜会いたいというのさ。今夜は博雅様もいらっしゃることになっておりますので、博雅様が耳にしてもよい話なればどうぞと言うておいたのだが、それでもよいということらしい――」

晴明が説明していると、向こうから灯火を持った蜜虫が歩いてくるのが見えた。

その背後から、兼家が、困り果てた表情で歩いてくる。

灯りが置かれ、蜜虫が姿を消すと、

「晴明、助けてくれ――」

泣きそうな顔で、兼家は言った。

「おれは、怖い――」

二

兼家が、自らの屋敷を牛車《ぎっしゃ》で出たのは、昨夜のことであったという。

連れていたのは、従者《とものもの》がひとりである。

名を、俊次《としつぐ》といった。

他に従う者はなく、ただふたりであった。

この頃知りあった、西京《にしのきょう》に住む、理子《さとこ》という女のもとへ通うためであった。

月明りの中、神泉苑《しんせんえん》を左に見ながら、あわわの辻《つじ》を通って、朱雀大路《すざくおおじ》を渡った。

しばらく行って、左手へ折れ、また少し行って右手へ折れた。

西へ向かって進んでゆくと、何やら、先の方に、ぼうっと灯《とも》りが点っている。

確か、正法寺《しょうほうじ》という破《や》れ寺があったあたりである。

近づいてゆくと、果たして正法寺であり、崩れた土塀の向こうに、桜が見える。

正法寺の境内《けいだい》には、何本かの桜があって、そのうちの一本は、ひと際みごとな古木であり、遠くからもそれがよく見えるのである。

簾《すだれ》を掲《あ》げて見れば、どうやら桜の下に、幾つもの灯が点されていて、それが上の桜の花に映って、ぼうっと仄《ほの》かな明りとなって遠くからも見えるらしい。

それに、何やら、煮えるような、焼けるような、よい匂いも漂ってくるではないか。

「見てまいれ」

兼家が言うと、

「はは」

さっそく俊次が崩れた土塀から中に入ってゆき、すぐにもどってきた。

「夜市《やいち》のようでござりまする」

「夜市?」

「寺の境内に、市が立っていて、何やらものを売っているようでござります——」

「ほう、市とな」

うなずき、

「見物してゆくか——」

物見高い殿上人《てんじょうびと》である兼家は、車の中から身を乗り出した。

「兼家様のような御身分の方がいらっしゃるようなものではござりませぬ。何やら、怪しげな様子であるのも気に入りませぬ」

「夜市とは、もとより怪しきものぞ——」

「しかし……」

「かまわぬ。ゆこう」

兼家は、俊次に、履物《はきもの》を用意させ、とっとと車を降りてしまった。

「ゆくぞ、俊次——」

兼家は先に立って歩き出し、今しがた俊次が入っていった土塀の崩れた箇所から、さっさと中へ入ってしまった。

入れば、はたして、そこは市であった。

菰《こも》を地に敷いて、主人がそこに座し、何やら生臭い臭《にお》いのするものを売っているところもあれば、桶《おけ》や盥《たらい》や笊《ざる》などを売っているところもあった。

灯りが幾つも点っている。

桜の枝から下げた灯りもあれば、敷いた菰のすぐ横に、燈台を立てているところもある。

いずれから来たのか、人が大勢歩いており、店を覗く者、黙したまま通り過ぎてゆく者、女や子供の姿まであった。櫛《くし》や簪《かんざし》などの小物を売っていたり、干した魚のようなもの、碗、米、麦などの他に、西瓜《すいか》、瓜《うり》、壺などから錆《さ》びた太刀や、鏡までが売られているようなのである。

妙なことがあった。

それは、歩いているものたちの、人相がはっきりしないことであった。近くにいる者に、どういう面《おも》だちであろうかと視線を向けると、眼や鼻や口の位置が定まらず、ぐにゃぐにゃになったり、ぼんやりとしてしまうのだ。

人相だけではない。

そもそも、歩いている者たちの姿全体も、影のようにぼやけていて、その輪郭がはっきりしないのだ。よく見ようと、眼を凝《こ》らせば凝らすほど、輪郭の境目が、あやふやになってゆく。

大人、子供、女——このくらいまではなんとかわかるものの、あとは駄目であった。

それに、市と言えば、どのようなものであれ、ざわついていて、人の声が響き、もっと活気のあるもののはずであるのに、この市は静かであった。

人々は、話をしているのだが、ぼそぼそと会話をするだけで、その内容がよく聴きとれないのである。商談をしているらしい者たちのやりとりも、低くぐもっていて、何をしゃべっているのかわからない。

不気味なことに、人のはずであるのに、四つん這いになってうろついているものや、蛇のように、地にべったりと腹をつけ、這っているものもいる。

「兼家様、これは怪しゅうござります。人の市ではござりませぬ。さっさともどった方が、その身のためでござります」

と俊次が言うのに、

「かまわぬ、かまわぬ」

と、好奇心旺盛な兼家はさっさと先に歩いていってしまうのである。

「おう、ここじゃ、ここじゃ」

と、そう言って兼家が立ち止まったのは、腰高の机を出して、その上に器《かわらけ》を並べ、何やら喰いものを売っている所であった。

頭上に伸びた桜の枝から灯りを吊るしている。机の横に竈《かまど》がふたつあって、一方の竈では何かを焼き、もう一方の竈では何かを煮ているらしい。

さっきから兼家が嗅《か》いでいるよい匂いは、どうやらそのふたつの竈から漂ってきているらしい。

「これを、急に喰いとうなったのじゃ」

兼家が言えば、

「喰うかね……」

と、机の向こうにいた男が言う。

着ているものは、よくわからぬが、唐風《からふう》のもののようである。

「おやめなされませ。人の首か、手足を切って煮ておるのやもしれませぬ」

俊次が兼家の耳元に口を寄せて囁《ささや》いた。

それが聴こえたのか、

「これは人の首ではないぞ、麵《めん》というものじゃ――」

男が言った。

「麵?」

「喰うてみよ、喰うてみよ、喰えばわかる」

「では、もらおうか」

兼家は言った。

男は、ひしゃくのようなもので、釜の中のものを、汁と一緒に掬《すく》って、大ぶりの椀の中に入れて差し出した。

湯気がさかんにあがっている。

その湯気の中に顔を突っ込むと、なんともよい香りに包まれた。

箸で汁の中を掬うと、細長いものが出てきた。

「さ、食べられよ」

言われて、兼家は、それを口の中に入れてすすった。

ぞぞ、
ぞぞ、
と、それが口の中に入ってくる。

なかなか美味《うま》い。

嚙んで呑み込んだ。

あっという間に椀を空にしてしまった。

「あれは？」

と、竈の上で焼けているものを指差した。

「あれは、芋《いも》でござりますな」

「そうか、ではそれももらおうか」

出されたものを手でつかみ、齧《かじ》る。

これもうまい。

たちまちたいらげてしまった。

「喰うた喰うた」

と、先へ歩いてゆくと、本堂の前に、何やら台を出して、その上に小物を載せて商《あきな》っている者がいた。

その台の上を覗《のぞ》くと、鏡、双六《すごろく》、櫛、簪などの他、古びた衣や、独鈷《とっこ》杵《しょ》などの法具までが並べられている。

そのうちのひとつを見て、

「あっ」

と兼家は声をあげた。

それは、梅の花びらの模様を埋め込んだ、螺鈿《らでん》の櫛であった。

「おい、こ、これは――」

四年前、通っていた女にやるために造らせた櫛であった。

模様に見覚えがあった。

それを、失《な》くしてしまったのだ。

屋敷で使っていた、忠安《ただやす》という者が盗んだのだと兼家は思い、捕えて折檻《せっかん》をした。

「お前が盗んだのであろう。白状せよ」

しかし、忠安は、

「何も存じません。わたしは盗んでなぞおりません――」

そう言い続けていた。

「出てゆけ」

証拠がないし、白状したわけでもないので、検非違使《けびいし》に突き出すわけにもゆかず、屋敷から追い出してしまった。

それから半月後、忠安の屍骸が、羅城門《らじょうもん》の下に転がっているのが見つかった。折檻で傷ついているところ、そのまま行き倒れて死んでしまったものと思われた。

「兼家さま……」

と、台の向こうの男が言うので、見れば、さっきまでもやもやとしていた貌《かお》だちがはっきりして、

「忠安!?」

兼家は声をあげていた。

「お久しぶりにござります。よくも、わたくしを殺して下されましたなあ……」

櫛を手に取り、

「き、きさま、この櫛は、この櫛は、わしのものぞ」

と兼家が言ったのは、なけなしの勇を振りしぼったか、気が動転していたか。

「盗みたるものなれば、今は、わたくしのもので――」

「な、なに!?」

「馴じみの女にくれてやろうと思うたのですが、それも死した身となってはできませなんだ――」

「お、お、おまえは……」

「さようで、わたくしは死人《しびと》にございます」

忠安は、にいっ、と嗤《わら》った。

その口に、歯が二、三本しか見えない。

折檻されて、折れてしまったのである。

兼家の横で、

「わっ」

と、俊次が叫んだ。

「こ、これは、これは!?」

俊次は、本堂の階《きざはし》に並んだものを指差してがたがたと震えている。

階に腰を下ろしてそれを売っていたものは、

「人の首じゃが……」

そうつぶやいた。

確かに、それは、男のもの、女のもの、合わせて二十余りの首であった。いずれも月光の中で凄《すさ》まじげに眼をむいて、天を睨《にら》んでいる。

兼家は、がたがたと震えはじめた。

ここは、人の来る場所ではない。

死人《しびと》の市だ。

「おや、人の臭いがするな……」

たれかの声があがった。

「そうじゃ、生きた人の臭いじゃ」

「そういえば、わしも、さっきから人の臭いがすると思うていたのじゃ」

「なに」

「なに」

と、影が集まってきた。

すると、

「こやつは、藤原兼家と言うて、このおれを殺した男じゃ。その横におるのは、俊次という家人《けにん》ぞ」

忠安が、声を大きくして叫んだ。

ひしひしと、影たちが、兼家と俊次を押し包んでくる。

「銭《ぜに》を――」

と言っているのは、さっき、麵というものを売っていた男だ。
「まだ、わたしは、麵の銭をもろうておりませぬ……」
銭を……
銭を……
手を伸ばしてきた。
たまらず、
「わ」
「た」
声をあげて、兼家と俊次は、走って逃げ出した。
ぞろり、
ぞろり、
と、影たちが追ってくる。
兼家と俊次は、塀の壊れたところから外へまろび出た。
兼家が牛車に飛び乗ると、俊次が牛を引いて、懸命に逃げた。
後ろを見ている間もない。
女の元へは行かず、自らの屋敷に逃げ帰ったのである。
屋敷の者たちを叩き起こし、

「門を閉じよ」

「たれも入れるな」

そう叫んだ時、急に気持ちが悪くなって、兼家はえずいた。

背を丸め、胃からせりあがってきたものを、げえげえと庭の土の上に吐いた。

それは、両手に盛っても余るほどの、夥《おびただ》しい数の生きた蚯蚓《みみず》と、生きた蝦蟇《がま》であった。

そこへ——

閉じられた門を、叩く者があった。

「逃げたとて、あなた様のお屋敷は承知じゃ——」

という忠安の声が、門の向こうから響いてくる。

「銭を、銭を払うてくだされや……」

麺を売っていた男の声も聴こえてくるではないか。

門を叩く音と、その声は、消えることなく明け方まで続き、朝の陽が差す直前、

「また、次の夜にまいりまするぞ」

「銭を払うてくだされや」

そう言う声が聴こえて、静かになったというのである。

三

「鬼市《おにのいち》にござりまするな」

兼家の話を聴いて、晴明はそう言った。

「鬼市？」

兼家が問う。

「死人や、この世のものならぬものたちが集う市にござります。そこへ紛《まぎ》れ込んでしまわれたのでしょう」

「な……」

「怪しきもの、失くしてしまってもはや見つからなくなったものや、古きもの、盗まれたものなどがそこで売られます」

晴明が言うと、

「しかし、晴明よ。そのような市へ、どうして兼家殿がゆくことができたのじゃ」

「あわわの辻でござりましょう」

「あわわの辻？」

「はい」

あわわの辻というのは、あははの辻とも呼ばれ、二条大路と東大宮大路が交差して作られた辻である。

北西の角が大内裏《だいだいり》、南西の角が神泉苑——昔から、不思議のある辻であった。

「昨夜ということなれば、ちょうど天一神《なかがみ》が、その辻を通って北から南へお移りになられる時——そこを、兼家様が横切ってしまわれたために、陰態《いんたい》のものたちと出合われる縁《えにし》を作ってしまったのでしょう」

「ど、どうなのじゃ晴明、あのものたちは、また、今夜もやってくると思うか……」

兼家が訊ねた。

「おそらく……」

「い、いつまで来る?」

「あのものたちと、兼家様の御縁《ごえん》が消ゆるまでは、何度も……」

兼家は、泣きそうな顔になり、

「なんとかならぬものか、晴明——」

すがるような眼で晴明を見た。

「もちろん、なんとかはなりましょうが……」

「何じゃ、何かあるのか」

「いかようなる方法にて納めるのがよいか、その見当がつきかねております」

「何とかなるのなら、どのようなてだてであろうがかまわぬのではないか——」

「いや、それがそういうものではございませぬ」

「なに!?」

「力をもちて、無理に押さえ込めば、ことによったら、あらたなる障《さわ》りを呼ぶことになりましょう」

「あらたなる障りとな」

「はい」

「それは困る」

「一番良いのは、相手に納得してもらうことなのでござりますが……」

「それがどうじゃと……」

「兼家様」

「なんじゃ」

「ひとつ、うかがいたいのですが、麺を商っていたものが、銭を払えと言うてくるのはわかりまするが、もうひとり、忠安の方はどうして、兼家様を追うてくるのでござりましょう」

「そんなことがわかるものか。知りたくば、忠安に訊ねればよいではないか――」

兼家が言うと、

「なるほど」

晴明は、この漢《おとこ》にしては珍らしく、納得したように膝を叩いた。

「そうでした。当人に訊ねてみるのが、確かによろしゅうござりますな」

「ま、待て――」

兼家が、慌《あわ》てて腰を浮かせ、

「訊ねると言うても、それは、当人がこの場におらねば……」

と、そこまで言った時、

「兼家さま……」

「兼家さま……」

塀の向こうから、声が聴こえてきた。

兼家は、ぎょっとなって、身を縮めた。

「き、来た⁉」

兼家の身体が、細かく震えている。

「やはり、来ておられましたな」

「や、やはりとは、きゃつらが来ているのを知っておったのか」

「話をしている最中に、屋敷の外に、何やらの気配が寄ってくるような気がいたしましたので――」

「な……」

と、兼家が口を開けたところへ、

「兼家さま、銭を――」

「銭を払うてくだされや――」

塀の向こうから、怪しの声が聴こえてくるのである。

「兼家様、忠安殿の声はどちらでござります？」

晴明が問う。

「は、はじめにした声が忠安じゃ」

「なるほど。それで、わかりました」

「何がわかったと？」

「先ほど、お訊ねしたことです」

「訊ねたこと？」

もう、兼家は気が動転していて、塀と晴明の顔とへ、交互に視線を動かしている。

「何故、忠安殿が、兼家様を追うてくるのかということです。今、それがわかりました――」

「なに!?」

「兼家様、昨夜、鬼市で、何やら買《こ》うたりいたしませんでしたか？」

「はて――」

「まず、麺を喰うて、銭を払いませんでしたな――」

「う、うむ」

「次は？」

「つ、次!?」

「麺を喰うた後、忠安殿のところへ出かけたのではござりませぬか――」

「そ、そうじゃ。その通りじゃ――」

「そこで、何か？」

晴明が問うた時――

「銭を……」

「銭を……」

という声が、またもやあがった。

「せ、晴明……」

博雅が、どことなく不安そうに晴明を見た。

「だいじょうぶでござります。心配いりませぬ。この晴明が、自らの屋敷の周囲に張りたる結界、めったなことでは破られませぬ」

晴明は、博雅を落ち着かせてから、兼家に向きなおり、

「忠安殿の店から、黙って何か持ってきてはおりませぬか――」

そう問うた。

「こ、これか？」

兼家は、自らの懐《ふところ》へ手を入れて、そろりとその手を引きぬいていた。

その手に握られていたのは、件《くだん》の店で兼家が手に入れたと思える、あの、櫛であった。

「さようにござります」

「――」

「忠安殿が払えと言うておられるのは、どうも、その櫛の銭でござりまするな――」

「何じゃと!? これは、もともとはわしのものじゃ。それを、どうして――」

「こちらの理屈は、あちらには通じませぬ。熊は、人から奪った食べ物を、いったん森の中へ埋めたりもいたします。熊が去ったからといって、それを掘り起こして、持って逃げれば、熊は、自分のものを人に盗《と》られたと思って、怒り狂います。はじめ、それがたれのものであったかなどは、関係がないのです……」

「む、むう……」

兼家が唸《うな》っている間に、晴明は、蜜虫に命じて、墨《すみ》と硯《すずり》と筆の用意をさせている。

外からは、止むことなく、声が届いてくる。

「お逃げになられても無駄でござりまするぞ、兼家さま。我らには、あなたさまがどちらにゆかれたかちゃんとわかりまする故、な……」

忠安が言う。

「こちらに、見えぬ何かが邪魔をして、入ってゆけませぬが、一生この中《うち》におられるわけではございませぬのでしょう」

　これは、麺を売っていたものの声だ。

「兼家さま……」

「兼家さま……」

「銭を……」

「銭を……」

　この時には、晴明は、筆を手に取って、懐から出した紙片に、何やら書き連《つら》ねている。

「何をしているのだ、晴明よ」

　博雅が問うた。

「紙銭《しせん》さ」

　晴明が、手を動かしながら言う。

　いつの間にか、晴明の博雅に対する言葉遣《づか》いが、常のものにもどっている。

「紙銭？」

「冥銭《めいせん》とも言うてな、あの世にて使う銭《ぜに》じゃ――」

　言っている間にも、二枚、三枚と、紙銭ができあがってゆく。

　それが何枚か溜《たま》ったところで、

「兼家様――」

晴明は言った。

「な、なんじゃ」

「外におられるおふたりに、これより銭を払う故、受け取れと言うて下されませ」

「わ、わかった……」

兼家は、外へ向かって顔をあげ、

「待て、銭ならたった今、払うてやる故、それにて待つがよい」

このように言った。

それに合わせて、晴明が、今しがた書きあげたばかりの紙銭を手に取って、それを、次々に灯りの炎にかざしてゆく。

火は、たちまち紙銭に燃え移った。

一枚、
二枚、
三枚……

紙銭に火が移るそばから、晴明はそれを庭へ捨て、次の紙銭に火を点《つ》けてゆく。

燃えたその煙が、天に昇り、塀を越えて流れてゆく。

と——

「おう」

という、忠安の声が、塀の向こうからあがった。

次《つ》いで、また、

「や」

という、麺を売っていたものの声が聴こえてきた。

「銭じゃ」

「銭じゃ」

「おう」

「おう」

明らかに、ふたりの声は悦《よろこ》んでいる。

やがて——

「銭をもろうた故、許してやるわ、兼家……」

そう言う声が響いてきた。

「銭さえ払うてもらえば、文句はない」

そのような声も聴こえてきた。

「では」

「うむ」

「ゆこう」

「ゆこう」

そういう声が聴こえてきた後、声は止んで、風にさやさやと鳴る、微《かす》かな桜の花びらの音以外は、何も聴こえなくなった。

「や、奴らは去《い》んだのか？」

兼家が言う。

「そのようですね」

晴明が、紅い唇に、笑みを溜めて言った。

四

庭の闇の中で、桜が月光を浴びて青く光っている。

さやさやと、桜の花びらが、微風にさやいでいる。

簀子の上で酒を飲んでいるのは、晴明と博雅、そして兼家であった。

兼家は、麺を売っていたものと、忠安の声が聴こえなくなってからも、外へ出てゆくのを怖がって、晴明の屋敷で夜を明かすこととしたのである。

三人で、ほろりほろりと酒を飲んでいる。

「笛を……」

晴明が言うと、博雅が、懐から葉二《はふたつ》を取り出して、それを吹きはじめた。

その音色が、月光の中《うち》へ伸びて、銀色に光る。
銀の笛の音が、一枚一枚の花びらに触れてゆく。
花びらが、散りはじめた。
仏が、散りながら天にかえってゆく。
花びらは仏。
仏は天地。
無数の仏が、青い虚空《こくう》の中で舞っている。
博雅は、眼を閉じて笛を吹き続けている。

役君《えのきみ》の橋

一

役小角《えんのおづぬ》という人物の話をしておきたい。

役優婆塞《えのうばそく》とも、賀茂役公《かものえのきみ》とも呼ばれたが、役行者《えんのぎようじや》という方が通りがいいかもしれない。

役行者は、舒明《じよめい》六年（六三四）、大和国葛木上郡《やまとのくにかずらきのかみのこおり》茅原村《ちはらむら》に生まれたとされている。

安倍晴明《あべのせいめい》の師である賀茂忠行《ただゆき》もまたこの葛木の賀茂氏から分かれて陰陽師《おんみようじ》となった人物である。ちなみに、『新撰姓氏録《しんせんしようじろく》』によれば、八咫烏《やたがらす》は賀茂建角身命《かもたけつのみのみこと》の化身《けしん》であり、鴨県主《かものあがたぬし》の祖ということになっている。鴨は、八咫烏にして賀茂――晴明と賀茂役公、つまり役行者とはつながりがあるということになる。

母親が、口の中に金剛杵《こんごうしよ》が入ってくる夢を見てこの世に誕生した。生まれてすぐに仏語を口にしたとも言われている。

山岳修験《しゆげん》の開祖であり、孔雀明王《くじやくみようおう》の呪法を身につけ、前鬼《ぜんき》、後鬼《ごき》なるふたりの鬼を使ったとも言われている。

ある時、役行者、葛城山と吉野の金峰山《きんぷせん》との間に橋を掛けようと思いたち、土地神たちを呼び集めてこの労役にあたらせた。しかし、葛城山の神である一言主《ひとことぬし》の大神は、顔が醜かったことから、昼は働かず顔の見えぬ夜のみ働いた。

これを怒って、役君は、一言主の大神を岩の中に閉じ込めてしまった。

一言主は、韓国連広足《からくにのむらじひろたり》に憑《のりうつ》って、その口を借りて、役君を讒訴《ざんそ》した。

「役優婆塞、謀《はかりごと》して天皇を傾《かたぶ》けんとす」

これを聴いた天皇は、使いを遣わして、役君を捕縛《ほばく》しようとしたのだが、役君の験力《げんりき》が強くて、捕えることができない。

それで、朝廷は、まず役君の母親を捕えて役君を脅《おど》したのである。

「そなたの母者《ははじゃ》の生命を助けたくば、おとなしく捕えられよ」

母を許してもらうため、役君は自ら出てきて捕えられ、伊豆へ流されたのである。

しかし、役君、伊豆にいながら自在に天を駆け、ある時は富士の高嶺に遊び、仙人になって唐土《とうど》にまで渡って修行したと語り伝えられている。

二

野には、新しい緑が満ちていた。

野面《のづら》を吹いてくる風の中にも、樹々の若葉の香りが溶け込んでいる。

安倍晴明は、川の土手を歩きながら、春の化粧《けわい》にあふれた景色を眺めている。

風が吹くたびに、大気をはらんでふわりと白い狩衣《かりぎぬ》の袖が持ちあがる。

川面《かわも》がきらきらと光っている。

晴明の前を歩いているのは、僧形《そうぎょう》の老人であった。

都から、三日をかけて、ここまでふたりで歩いてきたのである。

「じきでござります」

老人が晴明を振り返って言った。

「はい」

晴明がうなずく。

老僧は、また、前を向いて歩き出した。

四日前、晴明と博雅《ひろまさ》が、晴明の屋敷の簀子《すのこ》の上で酒を飲んでいるところへ、この老僧がやってきたのである。

蜜虫《みつむし》に案内されてやってきた老僧は、

「広達《こうたつ》と申します」

頭を下げ、

「晴明殿にお頼みしたきことがござりまして、こうして足を運んでまいりました……」

そう言った。

その〝頼み〟を受けて、晴明はここまで足を運んできたというわけなのであった。

三

禅師《ぜんじ》広達は、経行《きょうぎょう》の僧であった。

吉野の金《かね》の峯《みたけ》――つまり金峰山に入って、山中の森の中を歩きながら経を読み、仏道を求めていた。

さて――

吉野郡《よしののこおり》 桃花《つき》の里に、河があった。

名を秋河《あきかわ》という。

その河に、橋が掛かっていた。

巨大な梨《つきき》が、こちらの岸からむこうの岸に倒れて、ちょうど橋のようになっているのである。

いつ、どのようにしてこのような橋ができたのか、知る者はない。

人によっては、三百年より昔から、この丸太の橋があったという者もいる。

人だけでなく、鹿や猪などのけものもこの橋を渡って、あちらとこちらを行き来しているのである。

不思議なことに、この橋、腐ったり傷《いた》んだりすることがない。普通の丸太であれば、風雨にさらされて、とっくの昔に腐って消え果ててしまっているはずなのに、いつ見ても、すぐに枝が伸び、そこから葉が出てきそうなほどに新しい。

しかも、どんなに大水が出た時でも、この橋、流されることがない。

ある時、用事があって、広達、金峰山から桃花の里《つき》に下りた。

たまたま件《くだん》の橋にさしかかって、経を唱えながらこれを渡った。

と——

「嗚呼《ああ》、痛く踏むことなかれ」

という声がする。

はて、と経を唱えるのをやめて足を止めてみたが、たれもいない。

小さな、微《かす》かな声である。

耳元をすぎる風とまごうばかりの細い声であった。

本当にそういう声がしたのかと思えるほどだ。

気のせいであったか——

しかし、次にまた足を踏み出すと、

「これより出してそうらえ」

そういう声がする。

先ほどとはまた違った声である。

足を止めて周囲を見るが、やはりたれもいない。

また足を踏み出すと、

「我らが願い頼まれてくりゃれ」

という声がする。

また足を止めてみても、やはりたれもいないというのはこれまでと同じである。

他にも、何か聴こえているようなのだが、それまでは聴きとれない。

歩き出せば、

「嗚呼、痛く踏むことなかれ」

「これより出してそうらえ」

「我らが願い頼まれてくりゃれ」

また、声が聴こえてくるのである。

気のせいではないようであった。

他にも、

〝我は…………〟

〝…………と申す〟

〝…………なり〟

というような声が、やっと聴きとれそうな幽《かす》かさで届いてきているようなのである。

一度渡ってから引き返してみると、やはり、同じ声が聴こえてくるのである。

何ものかが、必死で何ごとかをこの自分に伝えようとしているらしい。

ふいに、熱いものが身体の裡《うち》よりこみあげて、広達はその眼から涙を溢《あふ》れさせていた。

これはただごとではない。

なんとかせねばならない。

この声を発しているものたちを――

そう思って、里の者たちにあれこれと声をかけてみるのだが、たれも、広達が耳にしたような声を聴いた者はないという。

どうしようかと思いあぐねていると、

「都の陰陽師に来てもらうのはどうじゃ」

と言う者が現われた。

「土御門大路《つちみかどおおじ》に住む、安倍晴明という陰陽師は、なかなかのものだそうじゃ」

「こういうことなら、陰陽師じゃ」

それで、広達は、都へ出、晴明のもとを訪ねたのであった。

それに応《こた》えて、晴明は、広達とともに都を後にしたのであった。

しかし、博雅は、二日後がちょうど宿直《とのい》の時であり、さすがに、いきなり何日もかかる旅に出るわけにも行かず、不満そうに口を尖《とが》らせた。

「ゆくか」

と晴明に問われ、

「いや、ゆ、ゆけぬ……」

と博雅は答えていたのである。

四

「確かに聴こえますね」

と、晴明が言ったのは、一度、件の橋を渡り、もどってきてからであった。

途中、何度か足を止め、何かに耳を澄ませているようであった。

「でしょう」

広達は言った。

「禅師がおっしゃっていた通りの声でございました——」

晴明はうなずき、

「しかし、他の声は、おっしゃる通り、何を言っているのかよく聴きとれませんでした」

そう言った。

「どこから聴こえてくるのかわかりますか」

「ええ」

「どこなのです」

「橋として掛けられているこの丸太の中《うち》からです――」

「なんと……」

「お待ち下さい」

晴明は、再び梨《つきき》の丸太の上にあがり、その上に両膝と左手をついて、何やら小さく口の中で呪《しゅ》を唱えてから、丸太の表面に左耳をあてた。

「ほう……」

という晴明の声が、その唇から洩《も》れた。

「おう、なるほど」

「そういうことであったか」

「ふむ」

うなずいていた晴明が、ほどなく立ちあがった。

「何かわかりましたか？」

広達が問う。

「だいたいのところは――」

「どういうことなのでござりましょう」

「この木の橋の中に、仏がおわすのでござります」

「なんじゃと？」

「後のわかりにくい声は、それぞれ、

〝我は阿弥陀仏《あみだぶつ》〟

〝我は弥勒仏《みろくぶつ》と申す〟

〝我は観音菩薩《かんのんぼさつ》なり〟

このように言っているらしいですね」

「で、では——しゃべっていたのは、そのお三方の仏にござりましたか」

「はい」

「しかし、何故に仏がかような橋の中に？」

「お三方の話によれば、かようなことがあったようでござります」

晴明は語り出した。

三百年に余る昔——

ここで、この梨の樹を見つけたのは、役行者であった。

この樹をうち眺め、

——ほう、これはよい樹ぞ。

役行者は言った。

——普通、梨と言えば、仏を彫るには適さぬ樹であるのだが、なんとこの樹の中には、すでに仏がお三方もおわすわ。

役行者は、樹の幹に手で触れながら、

——これに、阿弥陀仏。

——これに、弥勒仏。

——これに、観音菩薩。

このように言ったというのである。

そこで、役行者が、この樹を切り倒したところ、倒れて、こちらの岸からあちらの岸へ、橋のように掛かったというのである。

次には、仏を彫ろうかというところへ、役行者の母親が捕えられたという知らせが届いて、三体の仏を彫らぬまま、役行者は縛《ばく》についたというのである。

「しかし、彼《か》の役行者が仏の名を唱えて触れたため、その内部に三体の仏が宿ってしまったのでござりましょう」

晴明は言った。

「まことか——」

「はい。それで、この橋の中《うち》におわす仏は、人が渡るたびに、声を出してこのことを伝えようとしていたのですが、普通の者の耳には聴こえませぬ。禅師のような修行を積まれた方か、この晴明のような者でなければ、この声を聴きとることかないませぬ」

「そうでござりましたか、そうでござりましたか――」

広達は、涙をぽろぽろとこぼしながら、何度も、幾度もうなずいた。

「わたくしが彫りましょう。わたくしが、この樹より、仏を彫りましょう」

広達は言った。

五

広達は、彫った。

鑿《のみ》をあてると、槌《つち》で叩かぬうちに、樹は自《おの》ずといくらも力を込めぬのに削れてゆき、十日にして、三体の仏を広達は彫ってしまったのである。

この阿弥陀仏、弥勒仏、観音菩薩の像は、吉野郡の越部《こしべ》村にある岡堂《おかどう》に置かれた。

この像を拝むために、あちこちから多くの人が集まったという。

さて――

三体の仏を彫り出して、なお、樹には余りがあった。

その余りを使って、材を作り、その材を組んであらためて橋を作り、もとあった秋河のその場所に掛けた。

その橋は、人が渡ったのはもちろんであったが、人のみならず、鹿や猪などのけものもまた、かつての如くに、渡ったという。

からくり道士

一

韓志和《からのしのわ》という人物が、いったいいつ頃から都に現われるようになったのかというと、どうにもはっきりしない。

半年ほど前から、東市《ひがしのいち》に姿を現わすようになったと言う者もいれば、一年前に羅城門《らじょうもん》の下で、掌《たなごころ》に乗るほどの小さな犬を遊ばせているのを見たと言う者もいて、実のところはさだかでない。

ただ、このところの噂では、東市の市姫《いちひめ》の社《やしろ》の前で、様々の奇態《きたい》の技《わざ》を見せているというから、東市に多く出没してはいるのであろう。

この韓志和、木彫《きぼ》りの技にすぐれていた。

人の集まるところで、地面に大小の丸太を転がして、

「さあ、何でも言うた通りのものを彫るでな。なんなりと口にされよ」

このように言う。

見た眼で言えば、五十歳を幾つか過ぎているであろうか。

藍《あい》色の道服の如きものを着て、頭には、よれよれの烏帽子《えぼし》をのせている。

鳩《はと》の卵のような、きょろりとした丸い眼に愛敬《あいきょう》がある。

「さあ、いかがじゃ」

そう言えば、

「犬じゃ」

「鶴ではどうじゃ」

と、声がかかる。

「では、犬を――」

と、志和は懐《ふところ》へ手を入れて、鑿《のみ》を取り出す。丸太の前に座して、その丸太を両足の裏で挟《はさ》み、鑿を左手に握って、右手に木槌《きづち》を持つ。それで、さっそく犬を彫りはじめるのである。

彫っている間にも、しゃべっている。

「おう、可愛《かわい》いのう。そなたはどこから来た犬じゃ」

「そうか、天竺《てんじく》から来たか」

「なれば、尾は、もそっと長くしてやろうか」

「足は、太い方がよかろうかのう」

見物している方はたいくつをしない。

しゃべるだけでなく、鑿捌《さば》きも槌捌きも鮮かで、その作業がそのまま芸になっているのである。

腹を刳《く》り貫《ぬ》き、そこに何やら詰《つ》めたり嵌《は》め込んだりして、四肢や首、尾をいったんばらばらにし、それをまた組みあわせて小さな犬を作り、左手でその犬を持ち、右手で犬の尾をくるくると回してから、その犬をそっと地に置くと、木彫りのその犬が、まるで生きた犬のように歩き出すというのである。

また――

かささぎを作って、それを空に放てば、木彫りのかささぎが翼を打ち振って百尺あまりも飛びあがり、やがて舞い降りてくる。

猫を作れば、それは本物の猫のように、雀や鼠をつかまえた。

それを見せて、投げ銭やら米やらをもらって、どうやら志和は生きているらしい。

この志和の評判を聴きつけたのが、小鳥遊渡《たかなしのわたる》であった。

小鳥遊渡は、四条大路の鴨川に近い辺《あた》りに屋敷をかまえる、七十歳に近い老人である。

珍奇なものが好きで、珍らしいものや、この世にまたとない珍宝があると耳にすれば、それを何としても手に入れずにはおかれない性格であった。変った芸をする放下師《ほうかし》がいると聞けば、屋敷へ呼んで、その放下師に芸をさせたり、蜘蛛舞《くもまい》の名手に、縄の上で踊らせたりすることもあった。

小鳥遊渡、ただわがままであった。

屋敷の内に蔵を造り、そこに、集めたものを収めている。

唐《から》からわたってきた瑠璃《るり》の盃《さかずき》や、玉《ぎょく》の器、螺鈿《らでん》の琵琶《びわ》、錦《にしき》や金銀の細工もの、子安貝、仏具や髪飾りなど、実に様々のものがそこに並べられ、あるいは箱に入れられて、収められているのである。

韓志和、唐からやってきたとも、唐へ行っていた者がもどってきたのだとも言われており、これを耳にした渡はもうたまらない。

「すぐにも、その韓志和をここへ呼べい」

そう言って、東市にいた志和を、自らの屋敷に呼んだのである。

やってきた志和は、さっそく渡の前で、鶴や鳥を彫り、それを庭から空に飛ばしてみせた。

木に彫った猿を出して、松の根元へそれを置けば、自然に猿は動き出して、樹に登りはじめた。

渡の喜ぶことしきりで、

「なんとも凄き術《じゅつ》であることよ」

このように言った。

しかし、これを耳にした志和、

「いや、これは術ではございませぬ」

平然として言った。

「術でない？」

「はい。術といえば術にはございましょうが、陰陽師や、高野《こうや》の僧などがやるような術ではございませぬ」

「どういうことじゃ」

「陰陽師や、高野の僧がやる術は、修行し、験力《げんりき》を身につけて、はじめて為せる業《わざ》にございます」

「そなたのそれは、違うのか？」

「これは、技にございますれば、たとえば渡様でも、鳥を飛ばすことができるのでございます」

「なに、わしにもできるか」

「はい」

志和は、渡に鳥の彫り物をわたし、

「それなる右の翼を、手前の方へ、二度、三度、四度と、止まるまでお回しいただけましょうか」

そう言った。

「こうか」

言われた通りにして、渡は志和を見た。

「では、それを両手で包むように持ち、首を空へ向けて、そっと放せばよろしゅうございます」

「こ、こうじゃな」

と、渡が手を放せば、はたはたと翼が動いて、鳥が空へ舞いあがった。

百尺ほどの高さまで飛んで、木彫りの鳥は、ゆっくりとあちらの松の根方へ舞い下りてきた。

「おう、これは凄い」

嬉々として言った後、渡は何か思いついたように、真顔になって、

「しかし、ちともの足りぬな……」

そうつぶやいた。

「はて、何がもの足りぬのでござりますか」

「飛ぶ鳥も、樹に登る猿も、歩く犬も、これまでに耳にしたものばかりじゃ。すでに、他の者が見ているものであろう」

　渡は言った。

「まだ、たれも見てはおらぬもの。そうじゃ、龍じゃ。龍を彫って、それを動かしてみよ——」

「龍、でござりまするか」

「できぬのか？」

「いや、あれはまた、大きなものにござりますれば、今、ここですぐにというわけにはまいりませぬ」

「むろんじゃ。しからば、どれほどの日にちがあればよい？」

「半月ほどもいただければ……」

「そうか。なれば、ここから上って三条に、もうひとつ我が屋敷がある故、そこで、好きなように彫ればよい。半月したらゆく——」

　渡は、志和の返事を待たずにそう決めてしまった。

「もしも、わしの驚くようなものができたら、宝物《ほうもつ》の半分をくれてやっても惜しゅうはないわ」

　そう言った。

二

ちょうど、半月後——

小鳥遊渡は、件《くだん》の屋敷にやってきた。

「どうじゃ、できたか」

門をくぐったところで、出迎えた志和に、渡はそう言った。

「はい、なんとか——」

志和がうなずけば、

「では、さっそく見せてもらおうか——」

渡はずんずんと歩いて、屋敷の東側にある庭に向かってゆく。

家人《けにん》から連絡を受けているので、どこで志和が龍を作っていたかはわかっている。

「なんじゃ、これは——」

それを目の前にして、渡は足を止めた。

渡の目の前にあったのは、方形の台の如きものであった。箱と言ってもいいかもしれない。しかし、それは、小さな家一軒ほどの大きさがあった。

一辺がおよそ八尺あまり。

渡と一緒にやってきた供の者たちも、それが何であるかわからない。この屋敷にあって、志和の食事の世話などをやいていた者たちも、やはり、これが何であるかわかってはいないのだ。

実を言えば、ここへやってきた志和は、まずこの箱の如きものを作り、あとの作業はずっとこの箱の中でやっていたのである。

箱の上部に開いていた明りとりの窓のようなものがあったはずだが、今は、それも閉まっている。

ただ、箱の上にあがるための階《きざはし》が、いつの間にか設けられていた。

「見龍《けんりゅう》の牀《しょう》にござります」

志和は言った。

「なに？」

「そこの階を登ってくだされませ。その上に立てば、龍をごらんになることができましょう」

「そ、そうか――」

言いながら、渡は、一段一段、そこに設けられた階を登っていった。

一段、二段と踏むたびに、階は、

ぎっ、

ぎいっ、

ととととと、
と、音がする。
箱の内部で、何かが回転して、ごとりごとりと動いているような気配である。
渡が一番上に立った時、それが起こった。
箱の向こうの板が、
ばかり、
と天に向かって開き、それがすとんすとんとたたまれて、その間から、ぬうっと巨大な龍の頭が出てきた。
龍が、そこから這い出てきて、がつり、がつり箱の表面に爪を立て、大きな龍の顔が、かあっと口を開いて、渡を見下ろした。
ぎろり、ぎろりと拳《こぶし》ほどもある目だまが動き、口から、
しゃあああああっ、
と、呼気を吐いた。
「あなやっ！」
と、声をあげて、渡は後ずさった。
そして、階の一番上から足を踏みはずし、下まで仰《あお》のけに転げ落ちてしまったのである。

土で汚れた顔を赤くして、渡は起きあがった。

それを見ていた者たちの中には、驚いているもの、逃げようとする者、さまざまにあったが、渡が転げ落ちるのを見た者は、笑ったり笑いをこらえたりしている。

「け、けしからん！」

大きな声をあげて、渡は志和をののしった。

「こ、こんなもので、このわしを愚弄《ぐろう》し、笑いものにしたな」

「い、いいえ、滅相《めっそう》もない」

志和は恐縮して言ったが、渡はこれを許さなかった。

「こやつを、韓志和を捕えよ」

たちまち、志和の周囲を、供の者たちが囲んだ。

「お待ちを、お待ちを――」

逃げられず、志和はそこに打ちすえられて、数人に押さえつけられ、動けなくなってしまった。

「まさか、このようなことになるとは思ってもおりませんでした。おわびに、次は、まだたれも見たことのないものを、もうひとつお目にかけたいと存じまするが、いかに――」

志和が言った。

すると、たちまち好奇心が湧《わ》いた渡は、

「では、それを見せよ」

そう言った。

押さえつけていた手が離れ、自由になった志和はそこに立って、懐に手を入れ、手にのるほどの小箱を取り出した。

「ささ、この中《うち》をごらんくだされませ」

と、志和は箱の蓋《ふた》を取った。

渡が覗き込むと、その箱の中には、小豆《あずき》ほどの大きさの赤い蜘蛛《くも》が無数に入っていて、いずれもぞもぞと動いているではないか。

しかも、よく見れば、いずれも木を彫って作ったものとわかる。

「蝿《はえ》を獲《と》る蜘蛛にござります」

志和が言うと、箱の中から、蜘蛛が、ぴょん、ぴょんと、次々に跳び出してゆく。

あるものは、そのまま地に落ち、あるものは、渡の着ているものや志和の着ているものにたかり、そして、近くにいる蝿に跳びついて、それを食べはじめた。

「おう……」

と、渡は声をあげ、しばらくその赤い蜘蛛が蝿を獲るのを見ていたのだが、ほどなくして気がついてみると、志和の姿は、その場から消えてしまっていたのである。

三

咲きはじめたばかりの躑躅《つつじ》に、黒い蝶が舞っている。

黒揚羽《くろあげは》である。

花の前で、羽翅《はね》を振りながら宙にとどまり、時にはなびらに肢《あし》でとまりながら、そこから蜜《みつ》を吸う。

「もう、あのような蝶の飛ぶ季節《ころ》になってしまったのだなあ……」

杯の酒を干《ほ》しながら、しみじみと源博雅《みなもとのひろまさ》は言った。

安倍晴明《あべのせいめい》の屋敷——

簀子《すのこ》の上だ。

一日ごとに濃さを増してゆく青葉の香りが、風の中《うち》に溶けている。暑くなく、寒くなく、酒の酔いがほどよく身体を温めている。

「しかし、蝶というのも不思議なものだなあ、晴明よ」

「何が不思議なのだ」

「人を見よ、晴明」

「人？」

「人というのは、生まれた時から人の姿をしているではないか——」

「うむ」

「赤子から、老いて死ぬまで、人は人の姿をしている」

「そうだな」

「蝶というのは、親から生まれた時は、小さな卵じゃ。これだけでは、鳥も同じだが、蝶は卵から孵《かえ》っていもむしとなり、それが後にはさなぎとなり、さなぎからさらに生まれて、あのような羽翅が生じて蝶となる。いったいどの姿が蝶の本然《ほんねん》であるのか――」

「いずれの姿も、その姿ごとに蝶は蝶であろうよ。姿の移りゆくその全てをあわせて、蝶ということさ。この世のあらゆるものにはそれぞれの呪《しゅ》がかかっている。その呪の有様《ありよう》が、どれだけ様々に変化しようが……」

「ま、待て、晴明――」

「なんだ」

「呪の話はそこまでじゃ」

「呪をもって、天地の理《ことわり》を語れば話がわかりやすいと思うたのだが――」

「いや、そういうことではない。客人じゃ――」

博雅は、晴明の背後にあたる、庭の桜の方に視線を向けている。その、すっかり葉桜となった桜の樹の下に、人影があった。

白い水干《すいかん》を着た少年のように見える。

その人影が、野原のような庭の草を踏んで近づいてきた。

「露子《つゆこ》姫……」

博雅が、その人影の名をつぶやいた。

露子は、虫愛《め》ずる姫である。

虫や、花、魚、野のものが好きで、それをとって飼い、そのことを日記に記して残している。

御簾《みす》の向こうにいるのが似合いの姫なのだが、わざと男のようななりをして、外へ出て野で遊ぶ。長い髪を束ねて、頭の後ろで結《ゆわ》えている。二十歳《はたち》かと思える歳頃のはずなのだが、化粧《けわい》もせずに男のなりをすると、十三、四歳の少年のように見える。

露子は、晴明と博雅の座す簀子のすぐ下まで歩いてくると、そこで足を止めた。

左手に、竹で編んだ籠をぶらさげている。

「お久しぶりでございます、晴明様、博雅様――」

小さく頭を下げて、露子は笑顔を見せた。

黒い大きな瞳《ひとみ》がふたりを見あげている。

「門が開いていたので、勝手に入ってきてしまったのだけれど……」

「もちろんかまわないさ。今日は独りだね。けら男《お》も黒丸《くろまる》も連れてこなかったのかい」

晴明が訊ねると、露子は、小さな頤《おとがい》を引いて、こくんとうなずき、

「今日は、とても奇妙なものを捕まえてしまって。それで、どうしても晴明様に見ていただきたくて、そのまま来てしまったの」

そう言った。

「奇妙なもの？」

と問うたのは、博雅である。

「てふてふ——胡蝶《かはひらこ》よ」

露子は、左手に持った籠を持ちあげてみせた。

てふてふもかはひらこも、蝶のことである。

露子が持ちあげた籠の中に、金色に光るものが、ひらひらと踊っていた。

露子は、その籠を、晴明と博雅の間の簀子の上に置いた。

籠の中を見れば、確かにその中に、一羽の蝶がいる。

籠を編んでいる竹ひごの一本に掴《つか》まって、羽翅を休めているが、確かにそれはかはひらこ——蝶であった。

しかし——

「初めて見る……」

晴明は言った。

大きさは、さきほど庭を舞っていた揚羽蝶ほどであろうか。大きさのみならず、姿も揚羽蝶によく似ていた。しかし、違っていたのは、その色であった。そのかはひらこの羽翅は、黄金色《こがね》をしていたのである。ちょうど、黄金のそれのように、角度を変えて眺めてみれば、光がまた違う具合に反射して、黄金の色目が変化する。

博雅が、指を伸ばして籠に触れると、蝶が籤《ひご》から足を離して、また、ひらひらと籠の中で舞った。

「今朝、うちの庭の躑躅の花に飛んできたのを捕まえたのだけれど、こんなかはひらこ見たのは初めてよ」

露子は、興奮のため、頰を赤く染めていた。

晴明は、何か、思うところがあったのか、

「ところで、露子姫が住んでいるのは、四条大路に近いあたりだったね」

そう訊ねた。

「ええ、そうよ」

「鴨川にも、それほど遠くない？」

「ええ」

「ふうん――」

と、晴明は、籠を手にとり、中のかはひらこをしげしげと眺めた。

「なるほど――」

と、うなずいた晴明を見て、

「おい、晴明。おれも、そのかはひらこを見るのは初めてだが、おまえは、その口ぶりだと初めてではないのか?」

博雅が問うた。

「いや、さっきも言った通り、初めて見る。しかし、あらかじめ、耳にしていたことがあったのでな。それで、件のかはひらこがこれであったのかとうなずいたのさ」

「件の?」

「実は、昨夜のことなのだが、小鳥遊渡殿のお屋敷から使いの者が来てな。困ったことが起こっているので、何とかしてもらえぬかというのさ」

「困ったこと?」

「そうじゃ。それで、明日――つまり、今日の昼を過ぎた頃にでも、うかがいましょうと伝えておいたのさ。明日は、博雅様と酒を飲むことになっておりますので、二杯、三杯と飲みましたら、酔い醒ましにでもまいりますが、博雅様が一緒に行きたいと仰《おお》せであれば、共にまいりまするが、よろしいでしょうかとな――」

「どのようなことなのだ」

「近頃都で評判の、韓志和という方の噂は耳にしているか?」

「おう、あの、木に彫ったものが、自在に動き出すと言われている人物だな」

「うむ」

「それがどうかしたのか」

「渡殿、珍らしきものを好むことはなはだしくて、件の志和殿を、屋敷に呼ばれたという話じゃ」

「ほう」

「はじめのうちはよかったのだが、そのうちに、龍を彫ってみよと、渡殿が、志和殿に言われたらしい」

「それは、耳にしている。渡殿、龍のあまりのできばえに驚いて、腰を抜かし、階の一番上から下まで転げ落ちたそうじゃな」

「その通りさ。しかし――」

「しかし、何なのだ」

「今度《こたび》の、渡殿の相談ごとというのは、実はその後のことなのだ」

そう言って、晴明は、〝その後のこと〟を語り始めたのである。

四

小鳥遊渡の屋敷で、最初にその胡蝶《かはひらこ》を見たのは、使用人の女であった。

ちょうど、志和が姿を消して、三日目のことである。

朝、庭を見やると、まだ咲き残っていた牡丹《ぼたん》の花に、ひらひらと、金色に光るものが舞っていたというのである。

何か？

と思って、見れば、それは黄金色に輝くかはひらこであった。

これが、たいへんに美しい。

見ているうちに、そのかはひらこは、あちらの方へ飛んでいってしまった。

そのようなかはひらこもいるのかと思っていたのだが、その翌日は、庭に、三羽のかわったかはひらこが舞うのを、何人もの人間が見た。

二羽は黄金色をしていて、一羽は銀色をしている。

これが、その翌日には、七羽、八羽となり、そのまた翌日には、十羽を越え、さらに翌日には、もう、数えきれないほどの数となった。

しかも、様々な種類のかはひらこがいる。

金色のものが一番多いが、銀色のもの、赤いもの、そして、青い色をしたものも、緑色をしたものもいる。それぞれ、かたちがちがい、同じ金色のかはひらこでも、羽翅の尾が長かったり、羽翅がもっと大きなものもあったりした。

いったい、どうして、これほどの数、珍らしいかはひらこが舞うのかと思っていたと

ころ、家人のひとりが、

「あれを――」

と指差したのは、渡が宝物を入れている蔵の、高いところにある窓であった。

その窓から――つまり蔵の中から、ひらひらと、色様々のかはひらこが舞い出てくるのである。

さっそく、渡に報告され、渡自身が件の宝物庫に入ってみると、中で、実におびただしい数のかはひらこが飛びかっていたのである。

そして、真相が判明した。

棚に置かれていた、金銀の、細工《さいく》された宝物の多くが、そこで、変形していたのである。

あるものは、いもむしになっており、あるものはさなぎになっており、あるものは、今まさにさなぎから羽化《うか》してかはひらこになろうとしていた。

飛んでいる珍らしきかはひらこのいずれもが、渡の宝物が変化《へんげ》したものであったのである。

黄金の細工もの、紅玉、珊瑚《さんご》の玉、玉の器――それらのものが、今しも棚の上や、そこに置かれた箱の中で、かはひらこに変化してゆく途中であった。

「わあっ」

と、声をあげて、渡は、棚の上の宝を手で押さえたのだが、金銀の細工したものが、かはひらこに変化してゆくのが、それで止まるものではなかった。

桶《おけ》を被《かぶ》せたり、飛んでいるかはひらこを捕えて箱や籠の中に入れ、窓を塞《ふさ》ぎ、大騒ぎとなった。

五

「それが、昨日のことさ」

晴明は言った。

「それで、あわてて渡殿、おれのところに使いの者をよこしたというわけなのだ」

「では、その籠の中の黄金色したかはひらこは――」

「渡殿のお宝が変化したものということであろうよ」

晴明の言葉に、

「まあ――」

と、露子は声をあげて籠の中のかはひらこを見た。

「そういうわけさ」

「ふうん」

「そろそろ、腰をあげてもよい頃だと思うのでな、どうじゃ」

晴明は言った。

「どうとは？」

「ゆくか」

「渡殿の屋敷へか」

「そういうことさ——」

晴明は露子を見やり、

「どうかね、露子姫もゆくかい」

そう言った。

「わたしも行って、だいじょうぶなのかしら」

「その、かはひらこを持っていけば、だいじょうぶさ」

「行きたい」

「では、一緒においで——」

「お、おれは——」

「ゆこうではないか、博雅」

「う、うむ」

「ゆこう」

「ゆこう」

そういうことになったのである。

六

蔵の中に入ると、灯りが点《とも》されていた。

明りを入れるため窓を開けると、そこから、かはひらこ——渡の宝物が飛んで出ていってしまうからである。

灯りの中で、無数のかはひらこが舞っている。

黄金色のもの、銀金色《しろがね》したもの、瑠璃《るり》の羽翅をしたもの、玉の羽翅をしたもの、実に様々な色と、かたちと、輝きを持ったかはひらこが、蔵の中で乱舞している。

「おう、これは美しい……」

博雅は、うっとりとした声をあげ、

「きれい……」

露子も瞳を大きく見開いてそれを見あげた。

「こ、これをなんとかしていただけませぬか——」

小鳥遊渡は、晴明の手を握って言った。

「さあて——」

言いながら、晴明は、周囲を見回している。

「何をなさっているのです？」

「宝物が、かはひらこに変ずるといっても、そこには必ず何か因《もと》となるものがございます。それを考えております――」

「し、しかし……」

「この蔵に、たれか入ることができた者はおりますか？」

晴明は訊いた。

「お、おりません。わたし以外は入ることができません。たれか、入りたい者がいても、このわたしが鍵を渡さねば、扉を開くことはできませぬ」

「壁を抜けるか、地中を通って入ってくるか――しかし、今、見たところでは、壁にも床にも、そのような様子はありません」

「は、はい」

「してみれば、外から、このような呪をかけたか、あるいは……」

晴明は、壁の上方を見あげ、

「あちらに窓があったということですね」

そう言った。

「はい。しかし、あのような高い場所にあるため、とても、人が、外から壁をあの高さまで登ることなどできませぬ。また、登れたとしても、今は、かはひらこが出てゆかぬよう、閉めておりますが、窓には、格子《こうし》が組んであって、とても人が通れるようなものではございませぬ」

「では、人でないものならば、いかがです？」

「人でないもの？」

「たとえば、鳥や猿であったらばどうなのでしょう」

「鳥や、猿!?」

「ええ」

と言いながら、晴明は、頭上に渡されている梁《はり》を見あげている。

蔵の天井の中央を、むこうからあちらまで、太い梁が渡されているのを、晴明は見つめている様子であった。

「たれか、身の軽い者はおりましょうか」

晴明が訊くと、

「なればわたくしが——」

と、渡の家の家人のひとりが、前に出てきた。

「では、梁に登って、そこに何かあるか、見てきていただきましょう」

「では——」

家人の男は、まず、棚に手足をかけてその上に登り、そこに、立った。

手を伸ばせばちょうど上の梁に手が届くので、そこから、ひょいと梁の上にあがった。

「何かあるか？」

晴明が問うと、

「あちらの太い梁に、何か乗っているように見えまするが――」

と、男は言う。

「では、それをとって、下まで持ってきてくれませぬか」

「承知でござります」

男は、梁の上を、ぴょんぴょんと飛びながら移動し、中央を通っている一番太い梁の上に立った。

「何じゃ、こりゃあ……」

太い梁の上から、何かを拾いあげたようであった。

それを、左手で抱え、右手で梁を握りながら、男は再び棚の上に下り立ち、床まで下りてきた。

「どうであった？」

と、晴明が問うと、

「こんなもので――」

男は、晴明にそれを手渡した。

「そいつが、梁の上にちょこなんと座っておりましたんで——」

「これは!?」

それは、木彫りの猿であった。

見れば、その猿は、両手の上に、ふたつの器《かわらけ》の口と口とを重ね、その上から紐で十文字にからげて縛《しば》ってあるものを乗せていた。

「むむう……」

と晴明は声をあげ、からげていた紐を解いて、重ねてあった器のうちの、上になっているものをつまんで取り去った。

と——

中から、金色に光る、小さなものが出てきた。

「こ、これは?」

博雅が言った時——

「蛹《さなぎ》よ」

と、そう言ったのは露子であった。

「蛹!?」

「そう。作りものだけど——」

作りものというのは、むろん、その場にいた者全員がわかっている。

金を、鋭い鑿か小刀《ちいさがたな》で彫ったものだ。

「いずれにしても、これでござりまするな。この蛹の彫り物が、渡様のお宝をかはひらこに変じさせていたのでござりましょう」

「こ、この猿が？」

「おそらく、外から窓を使ってこの蔵の中に入り、あの梁の上に座ったのでしょう」

そう言って、晴明が蛹を手の中《うち》に握り込んで呪を唱えると、宙を舞っていたかはひらこが、はらり、はらりと床に落ちてきた。

ことり、
こつん、
と、音をたてて落ちてきたものを見れば、それは、いずれも黄金の簪《かんざし》や、櫛《くし》、玉の細工物などであった。

七

「さて、ではゆこうか」

晴明が言ったのは、小鳥遊渡の屋敷を出、車を先に帰してしまってからであった。

そこにいるのは、晴明の他に、博雅と露子である。

「ゆくのはいいが、どこへゆこうというのだ晴明――」

博雅が訊ねた。

すると、晴明は、両手に抱えていた猿の彫り物を左手に乗せ、

「ゆく先は、この猿が教えてくれるさ」

そう言って、短い猿の尾を、右手につまんで何度か回した後、猿の額に手をあてて、小さく呪を唱え、

「陽が沈むが如く、鳥が巣に帰るが如く、雨が雲となって天に帰るが如く、汝《なれ》もすみやかに汝《な》が主《あるじ》がもとへ帰るがよい」

このように言って、猿を地に置いた。

すると、猿は、まるで生きているものであるかのような身ごなしで動き始めた。

「おう、晴明よ、猿が動いたぞ」

「あれの後を尾行《つ》いてゆけばよいのさ――」

晴明、博雅、露子の三人は、前へ進んでゆく猿の後へ続いた。

途中、何度か猿が動きを止めるたびに、晴明がその尾を回してやると、猿は幾度も動き出して、東へ向かってゆく。

鴨川へ出て、河原へ下り、石と草を踏んで上流方向へ進んでゆくと、河原に大きな柳の樹があって、その下に、流木を組んで造ったと見える小屋があった。

壁は泥を塗りつけたもので、屋根は河原の葦《あし》を葺《ふ》いたものであった。

猿は、ひょこりひょこりと動いて、小屋の入口に掛けてあった菰《こも》をくぐって、その中へ入っていった。

三人が、小屋の中へ入ってゆくと、

「やっと来たか、晴明——」

そういう声がした。

白い髪を、よもぎの如くにぼうぼうと逆立てるように伸ばした老人、蘆屋《あしや》道満《どうまん》であった。

道満が、小屋の奥に座して、その横に、五十歳を幾つか出ていると思われる男が、同じように座していた。その男の膝の上に、さっきまで三人の先を歩いていた猿が座っている。

ふたりの間にある石の上には、瓶子《へいし》と、ふたつの器が置かれている。

酒の匂いがするところをみると、どうやら、ふたりは、ここで酒を飲んでいるところであったらしい。

「おう、そなたが晴明殿か——」

この男は、愛敬のあるぎょろ目を動かして微笑した。

「やはり、あなたさまでござりましたか、道満様」

晴明は言った。

「いずれ、来るであろうと思うていた。あやつが、ぬしに泣きつくであろうことはわかっていたからなあ」

道満は、器を手にして、中の酒を干した。

「あのように、器ふたつを合わせて重ね、呪をかけるは、道満様でなければできぬことにござります」

「おれが仕業とぬしにわかるように、わざとそうしたのさ」

「しかし、何故に、あのような真似をなされたのでござりまするか――」

「あの渡が、この天下の韓志和を、ひどい目に合わせようとしたからよ。志和殿はな、唐《から》の長安にあって、その名声をほしいままにした、からくりの名人ぞ。それにな、志和殿は、昔からの我が知己《ちき》じゃ。あんな渡風情《ふぜい》に、安くあつかわれるような男ではない」

道満が言えば、

「いやいや、いやいや……」

と、志和は、恥かしそうに頭を掻《か》くばかりである。

「どうじゃ、晴明、あの男のことであるから数えたであろう」

道満が言う。

「はい、数えました」

「いかほど減っていた？」

「ちょうど、半分ほど、かはひらことなっていずこかへ飛んでいってしまったようです」

「まあ、それくらいであろうよ。それで許してやろう」

「それで、許す？」

「あやつめ、もし、龍を彫って自分を驚かせてくれたら、宝の半分をくれてやってもよいと、そのように言うていたという話ではないか」

道満は言った。

それに対しても、

「いやいや、いやいや」

と、志和はいっそう恐縮したように頭を掻いている。

「しかし、何故また、蝶に……」

博雅が問えば、

「もともと蝶は、卵より親まで様々に変ずるのが自然《じねん》のものじゃ。そういうものに変える方が、たやすいからのう……」

道満は、晴明を見、

「どうじゃ、晴明、酒でも飲んでゆけ」

そう言った。

「中は狭い故、外でどうじゃ」

道満は、瓶子と自分の器を持って立ちあがった。

外へ出た。

午後の陽差しが河原にそそいでいる。

さらさらと、鴨川の水が流れている。

風が、河原の草を揺すって、通りすぎてゆく。

「よい風じゃ……」

博雅が、河原を眺めてつぶやいた。

志和の横に並んだ露子が、

「その猿、可愛くて、好きよ——」

そう言うと、またもや志和ははにかんだように笑って、

「いやいや、いやいや……」

と、頭をしきりと掻くのであった。

蛇の道行
くちなわ みちゆき

一

ついてくるのである。

いつふり返っても、一匹の、青い蛇《くちなわ》がついてくるのである。

信濃《しなの》の国を出てからずっと、三間から四間ほど遅れて、八尺はあろうかと思われる一匹の青い蛇が、ずっとついてくるのである。

伴正則《とものまさのり》は、それで困っているのである。

それが、気になってしようがない。

今日で三日目だ。

正則は、これまでの四年間、ずっと信濃守《しなののかみ》であったのだが、その任《にん》を終えて、都へ帰るところであった。

しかし、どうして蛇がついてくるのか。

舟で河を渡り、もうついてくることはあるまいと思っても、やはり、蛇は、一行の後ろから三間目、四間目くらいのところを、くなくなと身をくねらせながら、ついてくるのである。蛇は、泳ぐというから、おそらく水面を泳ぎ渡ってきたのであろうが、それにしても流れのある河をどうやって渡ってきたのか。

供の者たちが蛇を追いはらおうとして、足を止めて待っていると、蛇はそこで這うのをやめて、こっちまでやってこない。

それならばと、もどって蛇を追おうとすると、近づく前に、するりと蛇は藪の中へ身を隠してしまう。

「これは、怪しきことにございますれば、なんとしても、あの蛇を殺してしまいましょう」

供の者たちはこのように言うのだが、正則は、

「確かに蛇というのは、怪しいものであるが、同時にあちらこちらの土地では、神として崇《あが》められてもいる生き物じゃ。追い払うのはともかく、殺すというのは、後に祟《たた》りがあるやもしれぬ。そのままにしておきなさい――」

このように言って、それをたしなめた。

で――

結局、蛇は、ずっとついてくるのである。

明日は、もう都という晩――

正則は、夜半に眼を覚ました。

なんだかやけに胸苦しくて、
むむむうん――

と、呻《うめ》き声をあげて、眼を開いていた。

一行が宿としていたのは小さな寺であり、正則はその本堂で寝ていたのである。

はて――

夜具から身を起こしてみれば、軒近くの高い所にある格子《こうし》窓から月の光が差していて、あたりが青くぼんやりと見えている。

そこで、正則は気がついた。

緑色に光る小さな点がふたつ、窓の下にあたる壁に近い場所に、浮いているのである。

何であろうか――

そのふたつの点は、等間隔《かんかく》で、ゆらりゆらりと揺れているようであった。

蛍かとも思ったが、そうではない。

蛍であれば、明滅するはずが、光ったままだ。そして、その光と光の距離がずっと同じである。蛍なら動く。

しゅうう……

しゅうう……

という、小さな呼気の音が聴こえてくる。

確か、そのあたりには、御衣櫃《みそびつ》が置いてあったはずだ。

そう思い、正則は、起きあがって、一歩、二歩と、御衣櫃の方へ歩み寄った。

と——

正則は、そこで足を止めていた。

その緑色に光るものの正体がわかったからである。

それは、あの蛇であった。

蛇が一匹、御衣櫃の蓋《ふた》の上に蜷局《とぐろ》を巻いて、月光の中に、赤い舌を、ちろりちろりと覗《のぞ》かせているのである。

正則の髪は、逆立ち、

「わっ！」

と、声をあげていた。

二

すでに、梅雨は明けていた。

強い陽差しが庭に照りつけていて、軒下の日陰で何もせず座っているだけで、背がじっとりと汗ばんでくる。

「夏が来たな、晴明《せいめい》よ――」

そう言ったのは博雅《ひろまさ》であった。

博雅は、簀子《すのこ》の上に座して、酒を飲んでいる。

その前に晴明がいて、やはり、酒を飲んでいるのである。

梅雨が明けたとたんに鳴き出した蟬の声が、頭上から注《そそ》いでくる。

その声を杯で受け、酒と一緒に呑み込むと、蟬は腹の中でも鳴いているようであった。

博雅は、杯を手にしたまま、青い空を見あげ、虚空《こくう》の中に、降ってくる蟬の声を、眼で捜しているようであった。

「何ぞ、天に捜しものでもあるのか、博雅よ――」

晴明が言った。

「捜しもの？」

博雅は、天から視線をもどし、晴明を見やった。

「迦陵頻伽《かりょうびんが》か飛天が、舞うておられたか――」

「いや、晴明よ。おれは別に、そういったものを捜していたわけではない」

「では、何を捜していたのだ」

「雲だよ、雲――」

「雲?……」

「そうさ。雲がいずれにあるかとな——」

「ほう」

「何やらこう空が青すぎてな、どこぞに雲のひとつでも見えぬかと思うて、何げなく天を見あげていたのさ。こう暑うては、夕立のひとつも欲しいところじゃ——」

「何なら、雨でも降らせようか、博雅」

涼しい顔で、晴明は言った。

晴明は、額に汗も滲《にじ》ませていない。この暑さをどこまで感じているのか、博雅には見当もつかない。

「できるのか、そんなことが!?」

「できぬ」

あっさりと晴明は言った。

「この天地の気を自在に操ることなど、たやすくできることではないからな」

「なんだ、おれは今、驚いてしまったではないか。おまえなら、そういうこともできるのではないかと思うてな——」

「陰陽《おんみょう》の法というのは、天地《あめつち》がどのような呪《しゅ》によって成り立っているのかを知る法であり、それを動かす法ではないからな。天地ばかりではない、人でもそうさ」

「人でも？」

「陰陽の法や呪というものは、無理に人を動かす法ではない。天地の中にある気や、人の中《うち》に自然《じねん》にそなわっているものに働いて、あとは勝手に人がその自然によって動く
――そういうものさ――」

「なに……？」

博雅は、よくわからぬといった体《てい》で、晴明を見た。

「わかりやすく言おうか――」

「ま、待て、晴明……」

と博雅が言いかけた言葉に被《かぶ》せるようにして、

「たとえば、人に呪をかけて、空を飛べと命じても、その人が飛ぶわけではない」

そう言った。

「それはそうであろう」

「それは、人がもともと空を飛ぶようにはできていないからだ。人の自然の中に、空を飛ぶということがないからさ」

「うむ」

「しかし、人に呪をかけて、ものを盗めと命ずれば、人は盗みを働く――」

「う、うむ」

「これは、ものを盗むという働きが、もともと人の自然の中にそなわっているからのことぞ――」

「む……」

「まあいいさ、雨を降らせることはできぬが、それを請《こ》うことはできる――」

「こ、請うとは、雨請《あまごい》のことか？」

「まあ、そういうことさ――」

晴明が言った時、夏草の繁る草むらの上に蜜虫《みつむし》が姿を現わして、

「お客様がお見えにござります」

そう告げた。

「たれじゃ」

と晴明が問うと、

「伴正則さまにござります」

蜜虫が言った。

「伴正則どのなら、たしか信濃守になられて、今、都におらぬはずだが――」

「それが、ちょうど今年でその任を終えて、今しがた都にもどられた由《よし》にござります」

「おう、そうか、もう四年がたったということか――」

国司の任期は四年である。

その任期が終って、都へ帰ってきたということらしい。

「伴正則どの、お久しぶりじゃ」

博雅は言った。

正則は、博雅の管絃《かんげん》の友である。

笙《しょう》を能《よ》くする人物で、都にある頃は、博雅とも何度か音を合わせたことがある。

そこへ、露草を踏みながら、正則がやってきた。

「お久しゅうございます、博雅さま、晴明さま——」

正則は、そこで頭を下げた。

すでに五十歳に手が届いているであろうか。

かつて都にあった時には、まだ黒かった髪に、白いものが混じるようになっている。

挨拶《あいさつ》もそこそこに、

「実は、御相談いたしたきことがございまして、都へもどり、まだ我が屋敷に入らぬうちに、こちらへ足を運ばせていただきました」

正則は言った。

「何か、ございましたか？」

「はい」

正則はうなずき、

「妙な蛇にまとわりつかれているのでござります」

困りはてた様子でそう言った。

三

簀子の上に、三人で座している。

晴明、博雅に、正則が加わって、酒を飲んでいるのである。

しかし、飲むとは言っても、三人とも、始めに唇を少し濡らすほどに酒を口に含んだだけで、あとは、杯はずっと膳《ぜん》の上に置かれたままだ。

ひと通りの話を終え、

「そういうことなのでござります」

正則は頭を下げた。

「なるほど、蛇が……」

晴明がつぶやいた。

「その蛇は、今、どこに？」

博雅が訊ねた。

「ただいま、この陽射しを避けて、お屋敷の門の下に、供の者たちは休ませていただいているのですが、わたしがこちらへくる時には、四間ほどむこうの塀の陰にあって、首を持ちあげてこちらの様子をうかがっておりました。今も、そのままであると思われます——」

「ともかく、その蛇を見にゆきましょう」

そう言って晴明は立ちあがった。

三人で門のところまでゆくと、はたして、正則の供の者たちが、陽差しを避けて、そこで思いおもいに休んでいる。

「蛇は、いずこじゃ」

正則が訊けば、

「あれに——」

と、御衣櫃の横に立っていた男が、あちらの方を指で示した。

晴明と博雅がそちらへ眼をやると、塀が作っている日陰の下に、八尺ほどの青い蛇が、鎌首《かまくび》を持ちあげてこちらを見ている。

「どれ——」

と、晴明が、一歩、二歩と蛇に近づいてゆくと、蛇は驚いたように、一瞬跳ねて、持ちあげていた首を下げ、たちまちあちらの方へおそろしい速さで、這いながら逃げ去ってしまった。

「これでは、どうしようもありませんね」

晴明が微笑すると、

「晴明様の、御威光に触れて、逃げ出したのでしょう。これで、このままあの蛇が出てこないのであれば、わたしとしては充分でござりまするが――」

正則が言う。

「いいえ。あのようなものは、きちんとしておかねば、いずれまたやってくることになりましょう。蛇があらわれるというのには、必ず因《わけ》がござります。その因《わけ》の方をなんとか取りのぞいてやる方が、脅《おど》して他《よそ》へ追いやるより、ずっと効果があるはずです」

「しかし、どうすれば――」

「あの蛇自身に訊ねてみましょう」

「できるのですか、そんなことが？」

「やってみましょう」

晴明は、門の下に休んでいる者たちの前までゆき、

「この中で、一番始めに蛇を見つけたのはどなたでしょう」

そう問うた。

「わたくしでござります」

端女《はしため》のひとりが、不安そうな顔をして、名のり出てきた。

「わたくしは、何も知りません。ただ、何気なく後ろを振り返ったら、そこにあの蛇が

いただけで……」

「何も心配はいりません。ちょっと手伝っていただきたいことがあるだけですから——」

そう言って、晴明は、先ほどまで蛇がいたあたりまで歩み寄ってゆくと、腰をかがめて右手を伸ばし、そこの土をひとつまみほど人差し指と親指の間に挟んだ。

「では、まいりましょう」

「ど、どこへ」

「我が屋敷の中へ——」

晴明は、そう言って、自ら先に門をくぐっていた。

四

もとの簀子の上であった。

博雅、正則の二人が、そこに座して、庭を見下ろしている。

晴明は、その庭に立っている。

晴明のすぐ眼の前——件《くだん》の端女が、不安そうな面持ちで土の上に座っている。

「何も怖がることはありません。すぐに済みますので、まず、その眼を閉じていただきましょう」

言われた通り、女は眼を閉じた。

晴明は、右手を伸ばし、女の額に指先で触れた。

そこに、先ほど、蛇のいたあたりからつまみとった土がくっついた。

「いろいろと方法はありますが、これが一番てっとり早いでしょう」

晴明は、左手の指先を、女の頭の上に乗せ、口の中で小さく呪を唱えた。

「我が呼ぶ声の聴こえたれば、汝《なれ》すみやかに出来《いでき》たりて、この女の身に現わるべし……」

晴明がそう言って、左手を離した。

と――

びくり、
と、女の身体が震えて、かっと女が眼を開いた。

その眼が、人の眼ではなくなっている。

丸くて、緑色をした蛇の眼であった。

口を開けて、
しゃあぁっ、
と、呼気を吐いた。

呼気と共に出てきた舌は、黒く、その先がふたつに割れている。

「せ、晴明、そ、それは!?」

博雅の声が少し高くなっているが、晴明は落ち着いた顔と声で、

「心配いりませぬ」

そう言って、女を見下ろした。

「さて、何故、あなたは、正則どのの後をついて来られるのですか？」

晴明が問うと、

「違う。我《われ》は、正則の後を追うているのではない」

女が、それまでとは違う、擦過《さっか》音の混じるしゃがれ声で言った。

「では、たれの後を追うているのです」

「我が、敵《かたき》じゃ」

「敵？」

「おう、三生《さんしょう》生まれかわり、ようやっと見つけた敵ぞ」

「何の敵なのです？」

晴明が言うと、

「おう、おおおおう……」

女は、蛇の眼から、涙をこぼした。

「我は、その昔、人であった。三生前、西の京の荒れ屋に住む女であったのが我じゃ。

そこそこによき身分の出であったのが、家が没落して、我はひとり、端女と共に、そこに住むようになったのじゃ。通うてくる男も、あったぞえ。我の具合がよいと言うては、夜毎《よごと》に通うてきて、あさましきほどに、契《ちぎ》りおうた男じゃぞえ……」

女の声が低くなる。

女は、すすり泣いているようであった。

「ところがじゃ、この男に、別の女ができたのじゃ。その女の方に、この男が通うようになってなあ……」

女が、小さく首を左右に振っている。

「くやしゅうて、くやしゅうて、息をするのさえ苦しゅうて、生霊《いきすだま》となって、男とその女が交《まぐ》わうのを見てなあ。それがまた、我とするより凄《すさ》まじき有様で、これがまたくやしゅうて、ついにはその女を憑《と》り殺してくれたのじゃ……」

女の声が、小さくなり、聴きとれぬほどになった。

「しかし、女が死んでも、男はもどっては来なんだ。ついには、苦しゅうてそのまま焦《こ》がれ死にをしたのが、この我さあ……」

「なんと……」

そう、声に出したのは博雅であった。

「男のもとへ、死霊《しりよう》となって出てやろうと思うたに、同じ頃、流行《はや》り病で、男も死んで、いずこへ生まれかわったか、わからぬようになってしもうた……」

　女の流す涙が、血の涙になっている。

「我が、次に生まれかわったのが、犬じゃ。犬となって、生まれかわった男を捜したが、出合うことかなわなんだ。次に生まれかわったのが、地中を這う蚯蚓《みみず》よ。男を捜したとて見つかるわけもない。そして、ようやく信濃の国で、蛇に生まれかわり、この身体を得た。そして、男を捜して、ようやっと見つけたのじゃ……」

「それが、わたしの連れの中にいるたれかであると？」

　これは、正則が言った。

「いいや、いいや。そなたの連れの中に混ざってはいるが、人ではない」

「人でない!?」

「鼠じゃ」

「鼠!?」

「そうさ、あやつめ、鼠に生まれかわっていてなあ、この我に追われて、逃げ込んだのが、御衣櫃の中さ——」

「それで？」

　晴明がうながした。

「ひと息に、襲うてもよかったのだが、それができなんだ」

「あの櫃の中に入っている衣《ころも》のどれかの襟に、『法華経』の一節を書き写した紙が縫いとめてあるのじゃ。それで、我は、あの中へ入ることができぬのじゃ。そのまま、機会をうかがいながら後をつけ、とうとう都までやってきてしまったというわけなのさあ……」

「何故です？」

「ああ……」

と、声をあげたのは、博雅であった。

「その方のことが、よほどお好きだったのですね」

博雅の眼に、涙が滲《にじ》んでいる。

「もう、わからぬわえ……」

女は言った。

「好きだったのか、どうか。今となっては、その男を、憎《にく》う思うているのかどうかさえわからぬ。ただ肚の中に、ごりごりと、渋《しぶ》う瘤《こぶ》のように、その想いが凝り固まっているだけじゃ。それが、恨みであるか憎しみであるか、情であるのか、もはや我には見当さえつかぬ……」

女は、ゆらりと立ちあがった。

「しかし、ありがたいのう……」

ゆらゆらと、門の方に向かって歩いてゆく。

「お、おい、晴明……」

博雅が声をかける。

「よいのか？」

「おれにもわからぬ……」

晴明は言った。

女の後を、晴明がついてゆく。

博雅と、正則が、その後に続いた。

門の下までゆき、御衣櫃の前で足を止めた。

「蛇の身ではかなわなんだが、この人の身であれば、できる……」

女が、櫃の蓋に手をかけた。

晴明が、櫃の蓋に手を乗せて、それをおさえた。

「お願いでござります、この蓋を開けさせてくださりませ――」

女は言った。

晴明は、無言だった。

口を閉じたまま、蓋を押さえている。

「お願いでござります。今だめでも、我はまた、同じことをするでしょう。今生でだめなら、次の生でまた、同じことをするでしょう。晴明さま、あなたは、来世も、また次の生の時にもまた、ずっと、こうしてお止めなされますのか。未来、永劫《えいごう》、ずっと……」

「――」

「それとも、呪によって、我のこの心を無理やり消し去りまするか――」

「――」

「お好きになされませ、我をここで、調伏《ちょうぶく》して、消し去ること、あなたさまならできましょう、どうぞ……」

晴明は、動かない。

やがて、晴明は苦しげに息を吐いた。

晴明は、女を見つめ、そして、蓋を押さえていた手を離した。

女が、櫃の蓋を開けた。

中に入っていた衣《きぬ》を、手で摑《つか》み、次々に捨ててゆく。

「いたなあ」

女の顔に、喜悦の色が浮いた。

櫃の底に、黒い大きな鼠がうずくまり、その身体をぶるぶると震わせていた。

ぱたり、

と、女が倒れた。

その隙に、鼠が櫃の中から跳び出して、地を走った。

と——

そこへ、ふいに現われた蛇が、横からその鼠をその口に咥《くわ》えていた。

きいっ、

と鼠は声をあげた。

そのまま、蛇は鼠を咥えて、凄い疾《はや》さで這いながら、たちまちその場から去り、姿を消していた。

「せ、晴明……」

博雅が、晴明に走り寄ってきた。

晴明は、無言で、蛇が姿を消した方へまだ眼をやっていた。

「むーん……」

と、声をあげて、女が息をふきかえし、起きあがってきた。

「おお……」

と、正則が女に駈け寄った。

それでも、まだ、晴明は無言であった。

「晴明……」

博雅が、晴明の肩に、優しく手を置いた。

「これで、よかったのかな、博雅よ……」

晴明は、ぽつりとつぶやいた。

「むろんじゃ……」

博雅は言った。

「呪をもってしても、自然のことには手を出しようがないと、おまえは言っていたではないか——」

「ああ……」

「あれもまた、自然のひとつのありようではないか……」

博雅は言った。

「博雅よ——」

晴明は、博雅を見た。

「おまえは、よい漢《おとこ》だな……」

低い、小さな声で晴明は言った。

月の路

一

その昔——
都良香《みやこのよしか》という文人があった。
貞観《じようがん》十七年（八七五）に文章博士《もんじようはかせ》となった人物で、みごとな詩を書いた。
神仙道のことにも通じていて、『本朝神仙伝《ほんちようしんせんでん》』の中にもその名がある。
ある時、この良香が、琵琶《びわ》湖の竹生島《ちくぶしま》の弁天堂に出かけたというのである。そこで、
詩を作った。

三千世界眼前尽
（三千世界《さんぜんせかい》は眼《まなこ》の前に尽《つ》きぬ）

このように上の句を書いた。

しかし、どういうわけか、その後が続かない。

下の句ができぬまま、その夜、眠っていると、夢の中に弁才天《べんざいてん》が現われて、

十二因縁心裏空
（十二因縁《じゅうにいんねん》は心《こころ》の裏《うち》に空《むな》し）

下の句を付けてくれたというのである。

これが、宮中で噂となった。

「いやいや、さすがは都良香殿じゃ。弁才天までが、その詩に心を動かされたのであろうよ」

「まてまて、弁才天は仮にも神ぞ。これは神ではなく、風流好きの鬼が、神の名を騙《かた》ったものであろう」

「いずれでもよい。神であろうが、鬼であろうが、良香殿の詩が優れたものであったればこそのこと――」

このように、殿上人《てんじょうびと》たちは語りあったという話である。

二

ほろほろと、酒を飲んでいるのである。

舟の上だ。

夜の琵琶湖に舟を浮かべ、その上で酒を飲んでいるのである。

安倍晴明《あべのせいめい》と源博雅《みなもとのひろまさ》、そして蝉丸法師《せみまるほうし》がいる。

ゆるゆると、舟を櫓《ろ》で操《あやつ》っているのは、式神の呑天《どんてん》であった。

中央に近い場所に、月が出ている。

満月に、まだ一日足りない、ふくよかな青い月である。

酒を飲みながら、興にまかせて、博雅が笛を吹き、蝉丸が琵琶を弾く。

この日――

梅雨が明けて、晴れた日が続いたこともあって、晴明と博雅は、久しぶりに、逢坂山《おうさかやま》の蝉丸法師を尋ねたのである。

そこで、ここまで足を運んだのなら、大津まで下《くだ》って、琵琶湖に舟を浮かべ、月でも愛《め》でながら酒でも飲もうということになり、夕刻、酒、肴の仕度をして、湖面に舟を浮かべたのである。

舟を出した時には、すでに月は天にあった。

夜になるにつれて、月は高く昇り、空はいよいよ青く澄みわたっていった。

湖面に映った月を眺めては、博雅は溜め息をつく。

「かの李白《りはく》翁は、池に映《えい》じた月を手で掬《すく》おうとして水に落ち、亡くなられたというが、月をその手に取りたくなった気持ちは、おれにもよくわかる……」

そう言って、博雅は酒を口に運ぶのである。

「わたしは、月は見えませぬが、眼が見えなくなってからの方が、心に映る月はいよいよ大きくなったような気がいたします」

気配でわかるのか、蟬丸は顔をあげて、盲目の眼をあやまたず天の月へ向けた。

ゆるやかな波が、舟縁《ふなべり》を優しく叩く。

水の面《おもて》はなめらかで、そこに天の月と星が映っている。舟は、天地の間に浮遊しているようであった。

そろそろ岸にもどろうかという頃になって、ふいに、風が出はじめた。

呑天が、舟を岸に向けて櫓を操ろうとすると、風がさらに強くなってゆく。

南西からの風であった。

舟は、北東の方へ流されはじめた。

さきほどまでは、あれほどなめらかだった湖面に波が立ち、流されてゆく舟の速度が、さらに速くなった。

「お、おい、晴明。この風はなんとかならぬのか——」

博雅は言った。

晴明は、何か思うところがあるのか、ただ無言で天を眺め、空の気配をさぐっているようであった。

「お、おい晴明……」

博雅が、もう一度声をかけた時、

「案ずるな、博雅」

晴明がようやく口を開いた。

「この風は、どうやら、我らに害をなそうというものではなさそうだ」

「なに!?」

「しばらく、この風にまかせるのがよかろう——」

晴明は、呑天に命じて、舟を操ろうとするのをやめさせ、舟が風に流されてゆくのにまかせた。

ぼろん……

と、蟬丸が、風の中で琵琶を鳴らした。

その琵琶の音《ね》が、風に運ばれて天へ昇ってゆく。

「博雅、笛を……」

晴明が言うと、覚悟を決めたのか、博雅は葉二《はふたつ》を手にとって、それを唇にあてた。

琵琶と笛の音が重なって、風の中に響いた。

三

明け方——

舟は、松の林に囲まれた岸辺に流れついた。

舟を岸に寄せて、陸《おか》へあがると、東の方に島が見える。

「あれは、竹生島ではないか」

博雅が言った。

どうやら舟は、大津から、湖北《こほく》の方へ流されたものらしい。

そこへ——

「お待ち申しあげておりました」

声がかかった。

見やれば、背後の松林の中に、白い水干《すいかん》を着た老人が立っている。

「ここは……」

博雅が問えば、

「牧野《まきの》の地にござります」

老人は、うやうやしく頭を下げた。

「待っていたと、今、口にされたようだが……」

晴明が言うと、

「はい、夢にお告げがございました」

老人は、歩みよってきて、

「こちらは、安倍晴明さま、源博雅さま、蟬丸さまにございましょうか――」

このように言ったのであった。

四

「このところ、夜毎《よごと》に似たような夢ばかりを見ていたのでございます」

老人が言ったのは、しばらくしてからであった。

岸に寄せた舟に、呑天を残し、晴明、博雅、蟬丸の三人は、老人に案内されて、松林の中に入った。

松林の中に、小体《こてい》ながら、姿のよい社《やしろ》が立っていた。

「これは?」

博雅が問うた。

「水神《すいじん》、泣沢女神《なきさわめのかみ》を祀《まつ》る社にございます」

と、老人は言った。

「小さき村にござりますが、このあたりは、ちょうど、大川、生来川《しょうらい》、百瀬川《ももせ》の、三つの川が流れ込む地にて、こうして、泣沢女神を御祀りしているのでござります。わたしは、この社を御守りしている祝《はふり》にござります」

そうして、三人は老人にうながされて、社の横に建てられた、小さな屋敷に入ったのであった。

そこで、老人は、夢のことを語りはじめたのである。

このひと月ばかり、夢の中に、美しい青色の唐衣《からごろも》を重ねた女が、いつも出てくるというのである。

夢の中で、その女が泣いている。

袖で顔を覆い、時おり、その袖から顔をあげては、何とも哀しそうな眼で、老人を見つめるのである。

それが、老人は気になって気になってしかたがない。

「どうしたのだね、そなたはどうしてそのような哀しそうな眼をして、泣くのだね」

問うても、女は答えない。

何夜目かの夢の時に、

「わたしに、何かしてさしあげられることはあるのかね」

　このように訊ねた。

「いいえ、何もございませぬ。あのものの力が強すぎるのです」

「何のことだね？　あのものとは、たれのことなのかね」

「こわいもの……あのものが、路《みち》を閉《と》ざそうとしているのでございます。ああ、どうか、どうか、わたしをお助け下さいまし……」

「どうやって助けてさしあげればよいのだね」

「あるお方たちが、ここに来てくださるかもしれません」

「あるお方？」

「その方がたが、この地へやって来るも来ぬも、その方の御心《みこころ》しだいなのですが、もしもやってくるのなら……」

「その方がたが、そなたを助けてくれるというのかね」

「安倍晴明さま、源博雅さま、蟬丸さまというお方たちにございます。もしも、その方がたの御心に叶うものなら、明日の朝、その方たちは、この浜にやってこられることでしょう――」

　このように言って、女は消えたというのである。

「で、朝、浜に出てみましたれば、あなたさま方がおられたのでございます」

　老人は言った。

「では、昨夜の風は……」

博雅が晴明を見やると、

「どうやら、その夢の御女《おかた》が吹かせたものであろうよ」

晴明がうなずいた。

「それがわかっていたのか、晴明——」

「いいや、自然《じねん》の風ではないとはわかっていたが、かような事情のあったことまではおれもわかるわけはない。ただ、悪しき風ではなかったのでな、吹かれ、呼ばれるまま、風にまかせてみようと思うたのさ」

「しかし、その夢の御女だが、いったい何を助けてくれと、言うているのであろうかな」

「まあ、夕刻、満月が昇ってくる頃には、はっきりするであろうよ。昨夜は、ひと晩風に吹かれて眠れなかったのでな。それまで、こちらで休ませてもらうとするかよ——」

五

夕刻になった。

晴明、博雅、蝉丸の三人は、老人と共に、社の前の浜に立っていた。

西に、陽は沈みかけていた。

やがて、月が昇ろうかという刻限になってしばらく前まで晴れていた空に、雲がかかってきた。

雲というよりは、水の面にたちこめる霧のようで、だんだんとその霧が深くなってゆき、つい先ほどまで東に見えていた竹生島までが見えなくなっていた。

同時に、空に残る陽の光で、まだあたりは明るいはずであるのに、夜のように暗くなってきた。

「晴明どの……」

つぶやいたのは、蟬丸法師であった。

「何やら、あやしげなる気配がいたしまするが……」

「やはり、気づかれましたか」

晴明は言った。

「ええ。眼が見えぬようになりましてから、このようなことには敏感になりました」

蟬丸は、背に琵琶を負ったまま、周囲の気配に耳を澄ませているようであった。

「そう言えば、この霧、何やら生臭《なまぐさ》いような気がするのだが……」

これは、博雅が言った。

「確かに……」

老人がうなずいた。

晴明は、霧の匂いを嗅いだり、天へ視線を放っていたりしたが、
「こちらへ——」
先に立って歩き出した。
琵琶湖の汀《みぎわ》を、水を右に見ながら晴明が歩いてゆく。
それへ、三人が続いた。
少しゆけば、百瀬川が琵琶湖へ流れ込んでいるあたりである。
そこにある松の林の中へ、晴明は足を踏み入れた。
晴明が、立ち止まった。
それに合わせて、三人が立ち止まる。
「あれを——」
晴明が、低い声でうながした。
博雅たちが見やると、松の林の暗がりの中に、何かがいた。
そして、
ぴしり、
ぴしり、
という音が響いてくる。
黒い影がふたつ。

眼を凝《こ》らせば、その影のうちのひとつは、犬ほどの大きさの蝦蟇《がま》であった。

そして、もうひとつの影は、人ほどの大きさの、青い巨猿《おおざる》であった。

青い巨猿――青猿が、右手に何やらの小枝を握って、それで、蝦蟇の背をしきりと打っているのである。

ぴしり、
ぴしり、
という音は、その青猿が、蝦蟇の背を枝で打つ音であった。

ぴしり、と叩いては、

「それ、吐け」

そう言っては、またぴしりと叩き、

「それ、路《みち》を隠せ」

またぴしりと叩くのである。

枝で打たれ、叩かれるたびに、蝦蟇が大きく口をあける。

そしてその口から、もやもやと瘴気《しょうき》を含んだ雲の如き霧が、溢《あふ》れ出してくるのである。

それが、琵琶湖の水の面へと漂ってゆくのである。

「それ、吐け」

ぴしり――

「それ、路を隠せ」

ぴしり——

すると、瘴気の如き霧が、ますます多く、蝦蟇の口から溢れ、流れ出てゆくのであった。

「あれですね」

晴明はつぶやいた。

「あれは、何なのだ。晴明よ」

「訊ねてみよう」

言って、晴明は三人をそこに残し、青猿の方に向かって歩き出した。

「何をしているのだね」

晴明が問うと、その声に、ようやく青猿が気がついた。

「たれじゃ、ぬし!?」

青猿が、蝦蟇を打つのをやめて、晴明を見た。

「安倍晴明というものです」

「おう、都の土御門《つちみかど》大路《おおじ》の晴明だな。邪魔をするか——」

「何の邪魔です?」

「あやつが、通《かよ》うてこられぬよう、路を隠してやるのさ。その邪魔をするな」

青猿は、

かあっ、

と口を開き、白い二本牙をその口に覗《のぞ》かせて、あおあおとした瘴気を吐き出した。

晴明は、微笑しながらそれを受け、

「それは、わたしには効きませんよ」

右の袖を軽く振ると、たちまち、瘴気は四方へ散ってしまった。

かああっ、

かああっ、

と、青猿がさらに瘴気を吐くが、晴明には届かない。

やがて――

「よけいなことをしおって、晴明め。ぬしには関係《かかわり》なきことであろうに――」

くやしそうに、牙を軋《きし》らせて、

ぎいいっ！

と声をあげ、ぽんと跳ねて青猿は松の枝に跳びつき、そのまま姿を消してしまった。

すると、それまで、口から霧を吐き出していた蝦蟇は、口を閉じ、のそりのそりと歩き出して、汀《みぎわ》から湖に入り、水の中に溶けたようにその姿を消してしまった。

「さて、何が起こるか……」

晴明は、微笑しながらもどってくると、そう言った。

社の前の汀に立って見ていると、だんだんと、霧が薄れ、空が晴れわたってゆく。

「おう……」

博雅が声をあげた。

ちょうど、竹生島の上に、ほっかりと満月が浮かんだところであった。

やや赤みをおびた、金色の月だ。

まだ、昇ったばかりの月はそのような色をしているものだが、その宵《よい》の月は、ことさらに黄金色《こがねいろ》に光っていた。

きらきらと水の面が光り、その光が、竹生島からこちらの汀まで、つながった。

と——

びおん……

何やらの音が響いた。

びおん……

深みのある、人の心に染み込んでくるような音だ。

「琵琶か……」

つぶやいてから、

「いや、琵琶の音ではない」

と博雅は蟬丸を見た。

「ええ、琵琶ではありませんね」

蟬丸がうなずいた。

何の音か。

びおん……

と、その音が響くと、音が湖面に流れ、音の波が水の面の波と触れ合い、重なって、平らかであった湖面がさらに平らかとなってゆく。

びおん……

びおん……

音が響くうちに、何かが、竹生島の方角に見えた。

その何かが、竹生島から、こちらに向かって近づいてくる。

水の面に、竹生島からこちらの汀まで、月の光の路ができている。

その光の上を、しずしずと近づいてくるものがあった。

「牛車《くるま》でござります」

言ったのは、老人であった。

たしかに、それは、牛車《ぎっしゃ》のようであった。

近づいてくるそれをよく見れば、それは、黒い牛が牽《ひ》く、輿《こし》であった。

その牛と輿は、水に沈むことなく、水の面にできた月の路を、ゆっくりとこちらへ近づいてくるのである。

その輿の上に座しているものには、八本の腕があった。

そのうちのひとつの手に、弓を握り、別の手で、その弦を弾いているのである。

その度に、

びおん……

びおん……

という、音が響くのである。

「弁才天さま……」

老人が言った。

弁才天――竹生島に祀られた神である。

その昔、聖武《しょうむ》天皇が霊夢をごらんになられて、その夢に天照大神《あまてらすおおみかみ》が現れて、

「弁才天を琵琶湖の竹生島に祀りなさい」

と言われたことから、この島に祀られるようになった神である。

「天竺《てんじく》からおいでになられた、仏の守り神じゃ――」

晴明が言った。

牛の牽く輿が近づいてきた。

その時――

汀に近い松の枝から、

「きいいいっ」

叫び声をあげて、宙に飛んだ影があった。

あの青猿であった。

青猿が、弁才天に飛びかかったかと見えた時、弁才天が、手にした弓で、

ぽん、

と、青猿を打った。

「きあんっ」

と、青猿は、はじかれたように水の中に落ちていた。

と――

それまで平らかであった、月の路に、さざ波が立ちはじめた。

これまで響いていた弓の音がやんで、水の面が揺れはじめたのである。

牛と、輿が、沈みはじめた。

青猿が、弓で打たれた時に、その牙で、弓の弦を嚙み切っていたのである。

そこへ――

びおん……

と、響いた音があった。

蟬丸が、いつの間にか琵琶を抱えて弦を弾いて、弓の音《おと》と同じ音《ね》を響かせていたのである。

再び、竹生島からこちらの汀まで、月の路ができて、その上を牛が進みはじめた。

「ありがとうござりました……」

という声が、背後から響いた。

社の方から、青い唐衣を纏《まと》った女が、汀に向かって歩いてくるところであった。

「わたくしは、昔からこの地に祀られている泣沢女神にござります」

四人の前に足を止めて、女はそう言った。

「年に一度、満月の出るおりに、竹生島からこの地まで、ひと筋の月の路ができるのです。その路をお渡りになって、弁才天さまがおいでになり、これまで、年に一度の逢瀬を重ねてまいりましたのですが、あの猿が現われて、邪魔をするようになったのでござります」

「猿……」

博雅は言った。

「都に近い日吉《ひえ》の地に住む猿であったのですが、百年の齢《よわい》を生きて、通力を持つようになり、悪さをするようになって、日吉の神に追い出されて、この地へやってきたものにございます。そして、わたしに懸想《けそう》するようになって、我らの逢瀬を邪魔するようになったのです。ごらんのように、年に一度のこの時、月の路が隠されてしまえば、我らは逢うことは叶いませぬ……」

泣沢女神は、晴明を見やった。

「あなた方が、昨夜、琵琶湖に舟を浮かべているのを知って、わたしが風にてお呼びしたのですが、もしも、あなたさまがそれを嫌って、もどろうとすれば、このことは叶いませんでした。本当に御礼を申しあげます――」

泣沢女神が頭を下げた。

「かつて、都良香さまが、詩をお作りになられた時、上の句を竹生島へ、下の句をわたしの社に奉納されたのがきっかけで、弁才天さまが、通うようになられたのでございます」

泣沢女神は、汀から水の面へ向かって、足を踏み出した。

すでに、輿の車は、湖の底を踏んでいる。

「おまち下さい」

その背へ声をかけたのは、蟬丸であった。

泣沢女神が、足を止めて、後ろを振りかえった。

「これを――」

蟬丸が、琵琶を差し出した。

「弁才天さまに、この琵琶をお渡し下さい。お帰りになられる時、これをお使い下さいと――」

「ありがたく――」

泣沢女神が、それを蟬丸の手から受け取った。

「ありがとうございました」

頭を下げて、泣沢女神は、背を向けた。

汀で、泣沢女神は、やってきた弁才天の輿の上に乗った。

すると、まるで、月の光に溶けたように、泣沢女神の姿も、弁才天も弁才天の乗った輿の姿も、牛の姿も消えていた。

ただ、水の面に、きらきらと、竹生島からこちらまで、月の路が光り輝いているばかりである。

その時――

「おおん……」

「おおん……」

という慟哭《どうこく》する声が響いてきた。

「本当に好いていたというに。本気の恋であったというに……」

あの、青猿の声であった。

「おおん……」

「おおん……」

その慟哭する声は、いつまでも湖面に響いたのであった。

六

帰る時、湖北から大津に向かって、心地よい風が吹き続け、晴明たちは、ほとんど舟を操ることなく、大津にたどりついたのである。

天竺から渡ってきた神、弁才天は、妙音天として、琵琶を手にした姿で描かれることが多いが、もともと琵琶を持ってはいなかった。

はじめは、その手に弓や矢を持っていたのである。

それが、いつから琵琶を持つようになったのかは、定かでない。

蝦蟇《がま》念仏

一

萩《はぎ》が、風に揺れているのである。

紅い小さな花が、無数についた枝が、風にゆるやかに揺れているのである。

晴明《せいめい》の屋敷の庭には、すでに秋の気配が忍び寄っている。

「なんとも不思議な花だな……」

と、つぶやいたのは、博雅《ひろまさ》である。

晴明の屋敷の簀子《すのこ》の上で、博雅は酒を飲んでいる。

まだ、陽差しの中にいれば暑いものの、軒下の陽《ひ》陰《かげ》の中にあって風に吹かれていれば、それほど暑さは感じない。

「何のことだ」

晴明が問えば、

「あの萩のことさ」

博雅が、杯を口に運びながら言う。

「萩がどうしたのだ」

博雅は、酒を口に含み、半分ほど飲んでから、

「あの花が咲きはじめるとな、なんだかおれは、心がせわしくなってしまうところがあるのだよ」

そう言った。

「ほう――」

「夏が終ってしまったというか、夏が終りになってしまうというか、あの花を見ると、そういうことにふいに気づかされるのだよ――」

「ふうん」

「春には、この夏にはあれもやろう、これもやろうと色々考えていたことがあったのだが、そういうことの半分もできずにいるうちに、いつの間にか、夏が終ってしまう。そのことに、おれはいつも驚いてしまうのだよ、晴明よ――」

博雅は、杯を置き、しみじみと萩を見やった。

「花は何も、人にそのようなことを教えてやろうとして咲くのでないことはわかっている。しかし、おれは、あの花を見ると、そういうことを考えてしまうのさ――」

「――」

「夏でもない、秋でもない、そういう季節の間《はざま》に萩が咲く。夏が終ったからといって、すぐに秋が来るわけではない。ただ、萩が咲いて、その花が散り終ると、もう、すでに秋が来ている……」

「うむ」

「人の一生も、また、そのようなものなのではないか――」

博雅は、杯を手に取った。

「気がついた時には、その盛りを過ぎて、咲く萩の前に立っている自分を思い知らされるのではないかなあ、晴明よ」

「なるほど――」

「晴明よ、我らはあの萩ぞ……」

「我らが？」

「そうさ。我らの齢《よわい》は、ちょうど、人の一生の間の頃じゃ。春でも夏でもない。かといって、秋でも冬でもない。ちょうど、夏と秋との間に咲く花の如きものが、我らぞ――」

「ふうん」

「そういうことを、しみじみと考えさせてしまうというところが不思議であると、そういうことを、おれは言いたかったのだよ、晴明よ——」

博雅は、ようやく杯を口に運び、残った酒を乾《ほ》した。

庭の叢《くさむら》の中に、竜胆《りんどう》や女郎花《おみなえし》も、ちらほらと咲きはじめている。

それらが、風の中で、皆、それぞれに揺れているのである。

博雅は、杯を置いて、溜め息をついた。

「そう言えば、そろそろ藤原景之殿《ふじわらのかげゆき》がやってくる頃ではないのか」

博雅が、思い出したように言った。

「そうだな」

晴明が、うなずく。

この日、博雅が晴明の屋敷にやってきたおり、

「突然だが、使いのものがあって、藤原景之殿がお見えになることになった」

そう晴明が言ったのである。

「何やら相談したき儀があるとのことだったのでな。本日は、源《みなもとの》博雅様がいらっしゃいまするが、それでかまわなければお運び下さいとそう伝えたら、それでもよいとの御返事でな。おまえさえよければ、一緒にどうじゃ」

晴明に言われて、

「あちらがよいというのであれば、おれはかまわぬ」

博雅はそう答えている。

そのことを、博雅は思い出したらしい。

「しかし、景之殿と言えば、近頃評判の、あの蝦蟇《がま》法師に、失《う》せ物を占ってもらったらしいな」

博雅は言った。

「ああ、唐《から》から渡ってきた、龍の彫りもののある硯《すずり》が失くなったというのでな、占ってもらったら、屋敷の庭に落ちていたらしい――」

「おれも聴いたよ。そこで歌を詠んで、そのまま傍の石の上に置いてあったのが、滑って下に落ちたのであろうということであった。御本人も、家人《けにん》も、たれもが皆かたづけた気になっていたというのだな。しかし、次に使おうとした時に見つからなかったので、家中で捜して大騒ぎをしたということであったな。それを、蝦蟇が念仏《ねんぶつ》してどこにあるかを当てたということじゃ――」

「うむ」

「なかなかの験力《げんりき》のある蝦蟇らしい……」

博雅の言った、蝦蟇法師というのは、このところ評判になっている、失せものを蝦蟇念仏であてる法師のことであった。

二

この頃、都で評判を呼んでいるのが、鳴徳《めいとく》という陰陽法師《おんみょうほうし》がやっている蝦蟇念仏である。

場所は、朱雀大路《すざくおおじ》であったり、東市《ひがしのいち》の市姫《いちひめ》の社《やしろ》の前であったり色々だが、その時その時、人の集まるところにやってきては、この蝦蟇念仏をやっているのである。

主《おも》なものは、失せ物捜しであったり、人捜しであったりするのだが、同時に、何か迷うことがあれば、そのことについてどうしたらよいかを教えてくれたりもする。

男と女のことで、悩むことがあれば、

「そんな女のところに通わぬ方がよい」

と言ってくれたり、また、通ってくれぬようになった男が、再び通うようになる呪《まじ》ないなどを、そっと教えてくれたりもする。

まず、人の集まるところの、ほどのよい木の下——市姫の社の前であれば、そこに生えている松の木影にこの鳴徳が立っている。

その横に、腰ほどの高さの木で作られた台があって、その上に犬ほどの大きさの蝦蟇が座っているのである。

この蝦蟇の大きさに、まず、人々は驚く。

作りものではない。

生きていて、凝《じ》っとしている時でも、時おり、ぎろり、ぎろりとそのめだまを動かすので、生きているとわかるのである。

この蝦蟇、烏帽子《えぼし》を被《かぶ》っている。

それだけで、何やらこの蝦蟇が、人間ぽく見える。その身体の大きさと、烏帽子によって、この蝦蟇であれば、人智を越えた不思議な力を持っているのではないかと思えてくるのである。

「さあ、この蝦蟇が当てまするぞ」

鳴徳が言う。

「失せ物、尋《たず》ね人、それがどこにあるか、どこにいるか、たちどころにこの蝦蟇が当てて見せましょう。御困りごとの相談にものりまするぞ――」

この声を聴いて、

「捜しているものがあるのじゃが……」

と、たとえば、たれかが声をかけてくる。

「どのようなものかな」

鳴徳が訊ねれば、

「わが母のかたみの櫛《くし》が見つからぬ。どこへいったか占うてくれぬか――」

そのたれそれが言う。

「その櫛、最後に見たはいつか？」

鳴徳が問う。

「それは、いついつのことである」

と、たれそれが答える。

「普段、それはどこに置いてあるのじゃ」

「これこれの場所に――」

「盗まれたとなれば、やっかいじゃ。これはあてるのが、難《むずか》しゅうなる。家で、使うておる家人は何人おる。父はまだ、生きておるのか。家の東には何があって、北には何がある？　失くなった頃、出かけたところはないか？」

これに、いちいち、たれそれは答えるのである。

それが終ったところで、

「蝦蟇殿、蝦蟇殿、ただいまお聴きの通りじゃ。失せ物は何処《いずく》じゃ」

と、鳴徳が蝦蟇に問う。

すると、蝦蟇が、何やらの節《ふし》をもって鳴き出す。

ぶぅお
ぶぅお

ぶォ

ぶォ

ぶぶぶ

「おう、これは『般若心経《はんにゃしんぎょう》』じゃ。蝦蟇殿がただいま、経を唱えて、失せもののありかを観音菩薩様に問うておいでじゃ」

鳴徳が言う。

すると、これまでただ鳴いているだけのようであった蝦蟇が、鳴徳の言うように、『般若心経』を唱えていると聴こえるのである。

観自《かんじ》在菩《ざいぼ》薩《さつ》

行深般若波羅《ぎょうじんはんにゃはら》蜜《み》多《た》時《じ》

照見五蘊皆空《しょうけんごうんかいくう》

度《ど》一切苦《いっさいく》厄《やく》

やがて、蝦蟇が、『般若心経』を唱《ず》し終えたところで、

「どうじゃ、蝦蟇殿、菩薩様は何と言われたのじゃ」

鳴徳が訊く。

すると、蝦蟇が、

ぶぶぶ

ぶむォ

ぶぅお

ぶぅお

何やら低い声で言うのを、耳を寄せて、

「おう、なるほど、そうか、そうか。その櫛なれば、家の大炊処《おおいどころ》の、そうか、その棚の上に載《の》っておるといわれるか――」

鳴徳が言う。

「では、さっそくにもどって、今蝦蟇殿が言われたところを捜してみるがよい。あれば、お代は明日いただこう。なに、明日もここにおるでな。見つからなくば、お代はいらぬ。ただし、見つかっていながら、ここにお代を持って来なんだら、たちどころに仏罰が下りまするぞ。ささ、ささ、さっそくさっそく――」

次の日、件《くだん》の人物がもどってきて、

「ござりました、ござりました。御蝦蟇様の言われた通り、大炊処の棚の上に、櫛がござりました」

このように言って、礼の品かお代を置いて帰ってゆくのである。

時には、色々話を聴いた後で、

「むうむ。その失せ物は、どうも見つかりませぬな。この蝦蟇殿より力の強いどこぞの神が神隠しされたか、妖魅《ようみ》の類《たぐい》が持っていったか――」

このように鳴徳が言う時もある。

しかし、

〝どこそこにある〟

と、鳴徳が口にした時は、ほとんどの場合、失せ物は出てくる。

夕刻になると、鳴徳は、蝦蟇の乗っていた台の脚をぱたりぱたりと折ってたたむ。すると、その台は、手で抱えられるほどの板となる。

「では、また明日――」

そう言って、鳴徳は、台の板を抱えて、いずくにか去ってゆくのである。

その後ろを、のたり、のたり、と、件の蝦蟇が、歩きながら付いてゆく――

これが評判となって、鳴徳とこの蝦蟇がいるところは、いつも人だかりができているのである。

三

「なるほど、黄金《こがね》でできた、菩薩《ぼさつ》が盗まれたというのですね」

言ったのは、晴明である。

「その通りにござります」

うなずいたのが、藤原景之である。

景之が、その菩薩像のないことに気づいたのは、三日前の朝だというのである。

毎朝、景之は、この菩薩像を前にして『観音経』を唱えている。

高さおよそ、二寸半——

黄金作りの小さな像である。

三日前の朝、いつものように経を唱えるため、安置してある仏間の厨子《ずし》を開けると、この観音菩薩像が失くなっていたのだという。

「聞けば、景之様、失くなった硯を、蝦蟇念仏で捜しあてたとか——」

「おお、晴明様、よく御存知で——」

「この像については、蝦蟇念仏を試されたのですか」

「さっそく、行きました、もちろん——」

「で、いかがでござりましたか」

「それが、わかりませんでした」

「わからない？」

「これは、どこぞの力の強い神か妖魅のしわざかもしれませぬ。我らの力では、どうにもなりませぬ——と、このように言われてしまいまして——」

「ほう」

「で、これが、神か妖魅のしわざなれば、晴明様に御相談するのがよかろうと、こうして足を運んだ次第にござります」

景之は、弱りきった顔でそう言った。

「それは、お困りでござりましょう」

博雅が心配そうな顔で言って、晴明を見やった。

晴明は、

「はて、どうしたものでござりましょうか——」

思案気な様子で、口をつぐむこと幾何《いくばく》かあって、やがて、口を開いた。

「今、件の蝦蟇法師殿は、いずれにおいでござりましょうか——」

「それならば、おそらく、神泉苑《しんせんえん》の南門の下あたりと思われまするが……」

「それでは、御足労《ごそくろう》ですが、景之様には、いま一度、蝦蟇法師殿のところへうかがって、このように申しあげて下さりませ——」

そう言ってから、晴明は、景之が蝦蟇法師に伝えるべきことを、口にしたのであった。

四

細い月が、天にかかっている。
ほそほそと降りてきたその月の光が、夜の庭をかすかに照らしている。
叢や、樹の梢では、秋の虫がしきりと鳴いていた。
邯鄲《かんたん》。
松虫。
蟋蟀《こおろぎ》。
鈴虫。
鉦叩《かねたたき》。
わずか一日で、急に秋が深まったようであった。
夜気の中に立っていると、涼しいくらいである。
「来るのかな、晴明よ……」
つぶやいたのは博雅であった。
藤原景之の屋敷の庭——母屋の影の中に立って、晴明と博雅は、待っているのである。
「来るさ」

晴明は言った。

「しかし、来るとは言っても、何が来るかは教えてくれてもよいのではないか？」

「さあて、何が来るか──」

「わからぬのか。ぬしであっても……」

「わからぬが、しかし、見当はつけている」

「どのような見当じゃ」

「言わぬ」

「もったいぶらずに教えてくれてもよいではないか──」

「おれは別にもったいぶってなどはおらぬ」

いずれも、小声であった。

囁くような声である。

互いにしゃべる時には、耳元に口を寄せるようにしてしゃべる。

「なあ、晴明よ。いったいどうして、あのようなことを、景之殿に言わせたのじゃ。今夜、ここで、このようにして何ものかを待っているというのは、そのことと関係があるのであろう？」

博雅は訊ねた。

──いや、鳴徳様。お訊ねしたきことがまたひとつできまして、こうして足を運んでまいりました。

はい。

夢を見るのでございます。我が屋敷には、庭の北側に小さな仏堂がございまして、そこにこれほどの釈迦牟尼仏《しやかむにぶつ》の像を安置してございます。ええ、丈《たけ》四寸ほどの黄金の像でございます。

失くなりました観音像と一緒に作らせたものでございまして、この釈迦牟尼仏の像が夢に出てまいりまして、

「不安でならぬ故、ここより出して、しかるべき寺に我が身を預けてくれぬか」

このように申すのでございます。

「ここにいると、観音像のように、いつまた何ものかに盗《と》られるかわからぬ故、よろしくこのこと、とりおこのうてほしい……」

そこで、明日にでもこのこと取り行なうつもりでおるのですが、そうしてよいのかどうか、それを占《うらの》うていただきたいのでございます。

景之がこのように言うと、さっそく鳴徳は蝦蟇に念仏させて、それを占うた。

「よろしかろう」

それが、鳴徳の答であった。

そのことを、夕刻近く、景之は晴明のもとへ報告しにきたのである。

それが、今日のことであった。

「では、参りましょう」

晴明は言った。

「どちらへ？」

「ですから、景之様のお屋敷へ」

「いつ？」

「今夜でござります」

そういうわけで、今夜、晴明と博雅は、藤原景之の屋敷にいるというわけなのであった。

すぐ向こう——松の木の下に小さな仏堂が見えている。

その仏堂を、晴明と博雅は、今、母屋の陰から見守っているというわけなのであった。

「しかし、晴明よ。あの仏堂だが、少し新しいのではないか。何ものかをおびき寄せるための、これは、罠《わな》なのであろうが——」

博雅が問うと、

「しっ！」

と、晴明が、博雅に声をたてぬよう、紅い唇の前に、右手の人差し指を立てた。
「なんだ、どうしたのだ晴明よ」
博雅が問う。
晴明は、無言で、庭の一部を指差した。
博雅が見やると、そこに、何やら黒い影のようなものがわだかまっている。
はて、あそこにあのようなものがあったか。
と思って眺めていると、ふいに、
もぞり、
と、その黒い影が動くのが見えた。
「が、蝦蟇じゃ、晴明よ――」
博雅が言う。
晴明と博雅が、そのわだかまったような影の部分を見ていると、ふいにまた、
もぞり、
と、その黒い影――巨大な蝦蟇が動いた。
もぞり、
もぞり、
と、動きながら、その蝦蟇は、細い月光の中を、仏堂に向かって進んでゆくのである。

やがて、蝦蟇は仏堂の前までやってくると、そこで、二本足で立ちあがった。

両手を、仏堂の扉にあて、開いた。

蝦蟇は、その顔を、扉の中に突っ込んだ。

やがて、その頭が扉の中から出てきた。

その口に、きらきらと輝く、小さなものが咥《くわ》えられていた。

仏像であった。

顔を、天に向かって立て、二度、三度と、蝦蟇が頭を動かすと、いつの間にか仏像は、蝦蟇の口の中に姿を消していた。

再び、蝦蟇は四つん這いとなって、もと来た方へ歩き出したのである。

「追うぞ、博雅」

そして、晴明と博雅は、その蝦蟇を追ったのであった。

五

途中、蝦蟇が跳んだ。

ひと跳びで、蝦蟇は塀の上へあがり、すぐにその姿を向こう側へと消してしまった。

晴明と博雅は、門から外へ出、蝦蟇の姿を捜した。

すぐに、蝦蟇の姿は見つかった。

蝦蟇は、朱雀大路《すざくおおじ》へ出、南へ向かって下りはじめた。

「おい、晴明」

蝦蟇を追いながら、博雅が小声で問う。

「なんだ、博雅」

晴明が答える。

「おまえ、はじめから、あの蝦蟇が来ると思うていたのか――」

「うむ。蝦蟇か、件の鳴徳法師殿か、いずれかがな」

「ということは、つまり……あの鳴徳法師が、黄金の観音像を盗んだと――」

「うむ」

「今、盗んだあの釈迦像は？」

「金色に光るように見せているだけの、まがいものの仏像さ。それらしく見えるように、仏堂を建て、そこに置いた」

「しかし、これは、鳴徳法師殿が、蝦蟇を使って盗みを働いていたということではないか――」

「その通りさ」

「どうしてわかったのだ」

「わかるさ。蝦蟇に、それらしい声音で鳴かせ、それを『般若心経』じゃと言えば、呪《しゅ》がかかって、それらしく聴こえてしまう」

「しかし、失せものの件は？」

「やってきた者に、こと細かく状況を訊ねれば、頭のよい者なら、失せものくらいはどこにあるか見当がつく。それにな、当らなかった者は、金品をやっていればともかく、わざわざそれを言いにやってこないから、たくさん当ったように見えるだけのことぞ。ついでに、家の間取りなど、他のことを細かく訊ねて、どこにどのような金《かね》めのものがあるのか知っておいて、後で蝦蟇に盗みにゆかせる。よくできたやり方ではないか――」

「どうしてわかった？」

「実は、他にも、景之殿のように、家の中の大切なものを盗まれた者がいてな。幾つか相談を受けていたのさ。色々話を聞いてみると、どうやら、いずれも、盗まれる前に、あの鳴徳法師殿の蝦蟇念仏をやっていたというのでな。景之殿の話をうかがっている時、ぴんときたのだ」

「ふうん……」

話をしている間《ま》にも、蝦蟇は南へ下ってゆく。

蝦蟇は、羅城門《らじようもん》の下で、ようやく足を止めていた。

晴明と博雅が、羅城門の下へ入ってゆくとそこに、人が倒れていた。

その人の横に、件の蝦蟇が座したまま動かない。

晴明がしゃがんで、倒れている人物をさぐると、喉がぱっくりと裂けていて、そこから夥《おびただ》しい血が流れ出していた。

すでに呼吸はなく、事《こと》切れているのは明白であった。

と——

門上から、からからと笑う声が響いてきた。

「このくされ坊主の鳴徳め、ようやっと見つけて殺してくれたわ——」

その声は言った。

「下にやってきたは、たれじゃ」

「土御門大路《つちみかどおおじ》の晴明——」

と、晴明が言うと、

「おおう……」

と、鳴く声がした。

「では、一緒にいるのが源博雅か——」

その声が言う。

「そうじゃ」

と博雅が答えると、

「おう、憎や、憎や、我が恋路を邪魔した者がふたり、そこにおるというか」

声が言う。

どこかで耳にしたような声であった。

「いつぞやの夏、牧野《まきの》の地で、このおれを笑いものにしたな」

その声が言う。

「おまえ、あの時の青猿か!?」

博雅は言った。

門上から、ふたりの眼の前へ、跳び降りてきた者があった。

あの、青猿であった。

晴明と博雅が、蟬丸法師《せみまるほうし》と共に、琵琶湖で舟遊びをしている時、風に流されて湖北の地に行ったことがあった。

そこで、泣沢女神《なきさわめのかみ》と弁才天《べんざいてん》の恋が成就《じょうじゅ》するよう、邪魔する猿を追い払ったことがあったのだが、それが、この青猿であった。

「この糞坊主め、たまたま、大津でこのおれの蝦蟇を捕え、都へ連れかえって色々しこんで、お宝を手に入れていたのさ。けしからぬやつ故、喉を裂いてやった。この蝦蟇は返してもらう」

青猿は、晴明と博雅を見やり、そう言った。

「この場で、この法師同様に殺してやりたいのだが、ぬしの法力が強すぎて、そうもゆかぬ」

青猿が、蝦蟇の背を叩くと、蝦蟇は、その大きな口から、何かを吐き出した。

金色に光る仏像がふたつ。

「それを持って、去《い》ねい、晴明。今夜はそのくらいのことで、よしということにしようではないか」

晴明は、観音菩薩の像を拾いあげてから、

「ああ、退散することにしよう」

そう言った。

「ゆこう、博雅。ここらが潮時《しおどき》ぞ――」

晴明が、ゆっくりと、博雅と共に後方へ退《さ》がった。ふたりが羅城門の外へ出てから、
青猿は初めて背を向けた。

「いつかまた、再び相見《あいまみ》ゆることもあろう……」

晴明が言うと、

「そうだな……」

という声が響いてきた。

そうして、晴明は、観音像を取りもどしたのであった。

仙桃奇譚
せんとうきたん

一

月明りの中を、その老人は、ゆるゆると歩いているのである。

大気は、冴えざえと澄んで、月光が、老人の影を地に落としている。

白髪《はくはつ》、白髯《はくぜん》。

髪はぼうぼうと伸び、眸《め》が獣のように黄色く光っている。

しかし、その眸に、どことない愛敬《あいきよう》がなくもない。

蘆屋道満《あしやどうまん》であった。

嵯峨野《さがの》の辺《あた》り——

大気の中に、秋の葉の匂いが混ざっている。青葉の匂いではない。まだ枯れる前の、どこか湿り気を含んだ紅葉《こうよう》の匂いだ。

その香りを楽しんでいるのか、いないのか。

道満の口元は、わずかに微笑しているように、ほんの少し吊りあがっている。

ぼろぼろの、黒い水干《すいかん》を着ている。

独りである。

ただ、己れの影だけを連れて、道満は歩いているのである。

秋の虫が鳴いている。

独りである。

独りであるというそのことが、道満にとって哀しいことなのか、自儘《じまま》で気楽なことなのか、その表情からはわからない。

歩きながら、道満は月を見あげ、

「酒でも欲しい晩じゃな……」

そうつぶやいた。

そこから、二歩、三歩足を踏み出してから、道満は足を止めていた。

「はて――」

自分の今しがたの言葉に呼応するかのように、道満はある匂いを嗅いでいたのである。

「酒か……」

それは、酒の匂いであった。

ともすれば、秋の木の葉の匂いにまぎれて消えそうになるが、確かにそれは酒の匂いである。

その匂いにひかれるように、道満はまた歩き出した。

歩くにつれて、酒の匂いが濃くなったり薄くなったりするのは、わずかながらある風のぐあいによるのであろうか。大気の層の中に、その匂いが濃い層と薄い層があるのである。

それでも、ゆくうちに、だんだんと酒の香りが濃くなってゆく。

やがて──

人家らしきものが、月光の中に見えてきた。

かたちばかりの垣に囲まれてはいるが、粗末な家であった。

その垣が、一部途切れているところが、どうやら門のようであった。

左の垣から右の垣へ、一本の竹の棒を渡しているだけで、扉があるわけではなかった。

その、扉のない門とおぼしきあたりに、甕《かめ》が置いてあった。

高さが一尺半ほどの甕だ。

酒の匂いは、どうやらその甕から夜気の中に漂い出ているらしい。

道満が覗《のぞ》き込むと、はたして、その甕の中に酒が入っていた。

甕の、ちょうど、七分目ほどのあたりまで、酒が入っていると見えた。

「これは、たまらぬわ──」

道満は、そう言って、腰を沈め、その甕を両手に抱えた。

持ちあげて、その縁に口をあて、甕を傾けた。

ごぶり、
ごぶり、
と、喉を鳴らして、道満はその酒を飲んだ。

その時――

月光の中で、きらりと何かが光ったようであった。

道満が、ふっ、と身体を動かして、持っていた甕を、その光るものの方へ向けた。

かあん、
と、音がして、甕に何かがあたった。

ぽとりと道満の足元に落ちたものを見れば、それは、一本の矢であった。

がらり、と、道満の手の間の甕が壊れて、酒と崩れた甕の欠片《かけ》らが地に落ちて音をたてた。

「たれじゃ……」

道満は、矢の飛んできた方へぎすりと黄色い眸を向けて睨《にら》んだ。

「お、おのれは、ひ、人か――」

家の方から、声が響いてきた。

く、

く、

く、

と道満は嗤《わら》って、

「さあて、おれは人かのう……」

ぼそりとつぶやいた。

「な、なに――」

また、弓に矢を番《つが》える気配があった。

「やめとけ、当らぬ」

道満の声に、怯えの響きはない。

「な……」

むしろ、弓を持った者の声の方が怯えている。

「この酒、ぬしがものか？」

道満は問うた。

「そ、そうじゃ……」

家の陰から、男が出てきた。

弓に矢を番えたままだ。

「弓を下ろせ。ねろうて放たれる矢はかわせるが、震える手が思わず放ってしまった矢をかわすのは苦労じゃ」

道満は言った。

男は、ようやく弓と矢を下げた。

「ひ、人じゃな!?」

言いながら、男は、月光の中に出てきた。

月明りに見れば、齢の頃なら四十ほどの男である。

「と、虎ではないな!?」

「虎じゃと?」

「あ、ああ――」

「おれが虎なものか。この日本国に虎はおらぬ。いるのは唐《から》、天竺《てんじく》ぞ」

道満の声に、男は、ようやくそこにいるのが人と得心した様子で、それでもおそるおそる歩み出てきて、道満の前に立った。

見れば、男の眼は血走っており、その身体も細かく震えているようである。

「お困りのようじゃな」

道満は言った。

「この酒、ぬしが酒とあらば、馳走《ちそう》になってしまったことになる。その礼に、お困りのことあらば、この道満が助けてしんぜよう」

二

秋の気配は、森の中に満ちていた。

落葉を踏みながら歩いてゆくと、足の下から、秋の葉の匂いと土の匂いが立ち昇ってくる。落葉といっても、枯れて落ちた葉ではない。葉の多くは、枯れる前に枝から離れてゆくものである。

枯れるのは、落葉してからだ。

枝についたまま枯れた葉は、むしろ落ちずに梢にしがみついて残っているものだ。

だから、落葉した葉には、まだ、人で言えば体液の如きものが残っているのである。

人の足が葉を踏むと、そこからその体液が滲《にじ》んで、森の中に立ち昇ってくるのである。

獲物《えもの》は、見つからなかった。

鹿や猪でなくともよい。

せめて、狸《たぬき》か山鳥でも獲《と》れればと思って山の中に入ったのだが、一度も出会うことはなかった。

矢を背に負って、左手に弓を持って森の中を歩いている。

その最中に、見つけた茸《きのこ》を、腰の籠《かご》に入れた。

獲物を捜さずに、茸を捜すことに専念するのなら、そうした方がいい。

幸に、味噌《みそ》はある。

鍋に茸を入れ、まだ多少は残っている米を足して、この味噌で煮てやれば、そこそこの滋養《じよう》のあるものにはなろう。

明念《みようねん》は、そう思っている。

そうすれば、真足《またり》もいくらかは元気をとりもどすであろう。

できれば、獣か鳥か、もう少し滋養のあるものを獲って、それを喰わせてやりたいのだが、出合わぬものは仕方がない。どれほど弓の術に優れていても、獲物に出合わねば獲ることはできない。

木の枝にからまっている通草《あけび》の実を採った。

これはいい。

この甘みが、真足は好きであった。

突き鍬《ぐわ》を持ってくれば、山芋《やまいも》を掘ることもできたのだが、それは、もう少し葉が落ち森の見通しがよくなってからでいい。

明念は、もと、仏師であった。

西寺にあって、如来や菩薩を彫るのを得意《えて》としていたのだが、六年前、飢饉《ききん》のあった年、門の下に倒れている女を助けた。

紅音という女だった。

水を与え、粥《かゆ》を与え、五日ほど面倒を見てやっているうちに、女は元気になって歩けるようになったのだが、面倒を見ているうちに、この紅音という女を愛《いと》しく想うようになり、女の方もまた、明念を憎からず想うようになった。

そのうちに、抱きあうようになって、子をなした。

寺にいられぬようになり、明念は寺を出て女と一緒になった。

嵯峨野の奥に、小屋を建て、そこで紅音と暮らした。

子が生まれた。

男の子で、名を真足とした。

それまで、殺生《せっしょう》ということをしたことがなかったのだが、獣を殺し、その肉を食べ、毛皮を売って、それで糧《かて》を得るようになった。

獣を獲りもするが、春と夏には山菜を採り、秋には木の実や茸を採ってそれを食べる。山を歩いているうちに、よい木を見つければそれを切り、乾かして、冬の間、囲炉裏《いろり》の横でそれで仏像を彫った。

ひと冬で、二体、三体の仏を彫り、それを売った。

時に、仏像を売った者から頼まれて、表面に仏を彫った文箱《ふばこ》を作ったりもするようになった。

紅音が死んだのが二年前であった。

その時四歳であった真足を、明念は男ひとりで育てた。

真足は、今年で六歳になる。

その真足が半月ほど前から具合が悪くなった。

高熱を出し、手足が痛むというのである。

腹をこわして、下痢をした。

ものを喰えない。

無理に喰わせれば、吐いてしまう。

飲むことのできるのは、水か湯であった。

たちまち痩せた。

骨の上に、人の皮一枚を張りつけたようになり、とても生きているようには見えなくなった。

いよいよ、ほとんどしゃべることさえできぬようになった。

手持ちの薬はどれも効かず、昔なじみであった僧たちに相談をしたが、かんばしい結果はもたらされなかった。都へ出て薬を手に入れて飲ませたが、それも効かなかった。

神仏にも祈ったが、やはり効き目はない。

どうしてよいかわからない。

ともかく、真足につきっきりで、自身の食べ物もなくなった。

真足の側《そば》にいてやりたかったが、自分が飢えて動けなくなれば真足も死ぬ。

それで、食い物を捜して、山へ入ったのである。

たとえ、獲物がなくとも、家へもどらねばならない。

すでに、真足には死相が出ている。

母の紅音が死ぬ時も、ちょうどこんな具合であった。

紅音の時は、やはり、食べ物を捜して明念が山に入っている時に死んでしまった。

だから、今度《こたび》も同様に、こうして山に入っているうちに、真足が死んでしまうのではないかと、明念も気が気ではない。

獲物を捜しているうちに、これまで足を踏み入れたことのないところまでやってきてしまった。

森は深く、昼でも薄暗い。

そろそろ、家に帰ろうかと考えるようになった時、明念は、すぐ先に、不思議なものを見た。

一本の樹が、暗い森の中で、ぼうっと光っているのである。

「はて――」

と思ってよく見れば、それは、桜であった。

桜の巨木に花が満開に咲いていて、光って見えたのである。

まさか、秋のこの時期に桜の花が咲いているとは思わず、それで、樹全体が光っているように、明念には見えてしまったのである。

近づいて、幹の傍に立った。

「おう……」

と、思わず明念が声をあげてしまったのは、そこにあるものを見たからである。

それは、仏の姿であった。

木の根のあたりから、明念の頭の高さほどまでが、ちょうど如来の座像のように見えたのである。

広く張った根、瘤《こぶ》のように盛りあがった幹、その曲がり具合——それらが、その桜の樹を如来の座像の如くに見せていた。胡座した足の間に置いた両手は重ねられ、法界定《ほつかいじよう》印《いん》を結んでいるように見える。

何かの加減で、樹のそのあたりが、そのように育ってしまったのであろう。人の手が彫ろうが、自然のことでそうなったのであろうが、見る者がそこに仏を見るならばそれは仏であると明念は思っている。

その意味で、まさしくそれは、仏であった。

「なんとも不思議のことじゃ——」

と、頭上の桜を見あげ、その視線をまた下に落とした時、明念は、あらたに気づいていた。

その仏の手——法界定印を結んだ手のところが窪《くぼ》んでいるのである。ちょうど、人の手がそうしたように見える。その窪みの底に大きな裂け目——というよりは、穴のようなものがあった。

そこで、明念は匂いを嗅いだ。

その穴の奥から、何やらよい匂いが立ち昇ってくるのである。

甘やかで、どこかで嗅いだことのあるような——

何かが、その奥にあって、そこからその匂いが発せられているらしい。

何か？

明念は、おそるおそる、その穴の中に手を差し込んだ。

もしも、蛇や百足《むかで》などの毒蟲《どくむし》がいて、それに手を嚙まれたらどうしようかと思いながら、手を中に潜らせてゆくと、指先が何かに触れた。

毒蟲などではなかった。

柔らかく、丸みを帯びたもの——

それを握って、明念は、自分の右手を、そっとその穴から引き抜いていた。

その手に握られていたのは——

「桃ではないか――」

明念は、言った。

丸みがあって、やや扁平《へんぺい》。半分ほどが赤く色づいていて、一部に紫の模様が入っている。いかにもうまそうな桃であった。

思わずそれを喰べてしまいそうになったのだが、明念は、それをこらえた。

それには、ふたつの理由があった。

ひとつには、今が秋であるということだ。

桃が生《な》るのは、夏から初秋にかけてのことだ。いくらなんでも、こんなに秋が深まったこの時期に、桃があるなんて。しかも、あったその場所が場所だ。季節はずれに咲いた桜の樹のうろの中にあった桃。

たれかが置いたのでなければ、どうしてここに桃の実があるのか。つまり、この桃には持ち主があるのではないかというのが、ふたつ目の理由である。

しかし、桃は今、明念の手の内にある。

たれのものであるにしろ、持ち帰って悪いということはあるまい。だが、どうしてこんなところに、まるで今、もいできたばかりのような桃が。

これを持っていって、真足に喰わせてやろう――

明念はそう思ったのである。

この桃ならば、真足も口にしてくれるかもしれない。

そう思って、明念はその桃を懐《ふところ》に入れた。

その時、一陣の風が吹いた。

風は、
ごう……

と、桜の梢を揺らした。

それほど強い風ではなかったのだが、その風のひと吹きで、たちまち、桜の花びらが散りはじめたのである。

風に乗って、桜の花びらはざあっと青い天に向かって舞いあがった。

風が止んだあとも、花びらは次々にあとからあとから音をたてるようにして散りかかり、明念が見守るうちに、ただのひとひらも残さず、散ってしまったのであった。

なんという奇妙なことであろうか。

秋にあれほどみごとな桜が咲いていたことも奇妙であり、その桜が、ただ一度の風で全て散り落ちてしまったというのも不思議なことであった。

もしかしたら――

明念の心に浮かぶことがあった。

それは、季節にはずれて桜が咲いていたのも、その桜が散ってしまったのも、皆、この今自分が手にしている桃に原因があるのではないか、ということであった。

三

不思議なことが起こった。

桃を持ちかえり、明念は、子の真足にその桃を見せたのである。

「よい匂いじゃ……」

その香を嗅ぐなり、これまでしゃべることもできなかった真足が、そう言葉を発したのである。

明念は、自分で作った文箱の中《うち》にその桃を入れて、真足の枕もとに置いた。

二日目――

真足の頬に赤みがさし、三日目には粥をすすることができるようになった。

奇跡のようであった。

これもみな、この桃のおかげであると明念は思った。

おかしなことが起こったのは、その三日目の夜のことであった。

真足の横で明念が眠っていると、

「もうし……」

「もうし……」

という声が聴こえるのである。

女の声であった。

眼を覚ました明念は、その声に耳を傾けた。

「もうし、明念さま、明念さま……」

確かに、はっきりとその声は聴こえてきた。

外の庭からその声は聴こえてくるのである。

明念は、簀子《すのこ》の上に出た。

そこに立って、庭を見やった。

「もうし、明念さま……」

その女の声が言った。

声の方へ眼をやっても、そこにたれかの姿が見えるわけではない。

「明念さま……」

という声に、ようやく気がついた。

声のするあたりの庭の土の上に、たれかが倒れているのである。少なくとも、はじめはそう思った。

しかし、そうではなかった。

それは、女で、しかも、巨大な蟹《かに》のように、そこに四つん這いになってうずくまっているのである。

「たれじゃ――」

明念が問うと、
わさわさ、
と、それが地を這って近づいてきたのである。

ますます怪しい。

近づいてきたそれが、簀子の下で動きを止めていたのである。

月明りに見下ろせば、それは、古い唐衣《からごろも》を身に纏《まと》った女であった。

そして、四つん這いの姿勢から明念を見あげるその顔を見れば――

老婆であった。

いったい、どれほど歳を経れば、人はそのような顔になるのか。

深い皺《しわ》――

眼は、その皺の中に埋もれてしまい、見えているのか、いないのか。

蟹のように、四つん這いで動くのも、腰が曲がりすぎ、手を使わねば動けないためであるらしい。

妖物か!?

そうも思った。

仮に、人ならば、百年、二百年くらいではとてもこのような姿にはなるまい。

たれか、と問われたその問いに、老婆——嫗《おうな》は答えなかった。

「何用じゃ……」

明念がまた問うた。

その問いに、

「明念さまは、二日前、森の中であるものを手にいれられたはずでござりまするが——」

嫗は言った。

低い、かすれた声であった。

耳を澄まさねば、もごもごと口が動くだけで、なんとも聴きとれぬほどの、小さな老いた声であった。

口の中に、歯が一本もないらしい。

「どうぞ、それを、わたくしめにお返しくだされませ——」

嫗はそう言っているのである。

「何のことじゃ」

「桜の中にあった、桃のことにござります」

「知らん」

明念はとぼけた。

「どこのたれかわからぬが、去《い》んでもらおうか――」

明念はつっぱねた。

しばらく似たやりとりがあって、やがて、わさわさと長い白髪を揺らしながら、媼は去っていった。

が――

媼は、その翌日も、またその翌日も、明念が眠ると、いずこからともなく現われて、

「桃をお返しくだされませ」

そのように言うのである。

「桃をお返しくださらねば、怖ろしいことがおこりますよ――」

なかなかこわいことを言うのである。

「怖ろしいこと？」

「おわかりでございましょう。あの方が、虎を放たれますのでございます……」

「虎？」

「あなたさまには、これが何のことかおわかりのはず……」

かようのことが、五日も続いたというのである。

その五日目の晩が、昨晩のことであった。

「ああ、ついにあの虎が放たれました。明日の晩にはやってくることでしょう。お逃げ下され、もうわたくしにも止めることはできませぬ。桃を置いて、逃げれば、あるいはその生命、助かるやもしれませぬ――」

明念は、これもとぼけた。

「知らぬ」

これが、昨夜のことであったのである。

四

「なるほど……」

と、道満がうなずいたのは、明念よりひと通りの話を聴き終えてからであった。

囲炉裏の火を挟《はさ》んで、道満は、明念と向きあっている。

明念の傍で眠っているのは、子の真足である。

今では、粥でなく、普通の飯《いい》や魚も喰えるようになり、肉もついてきた。

今日の昼には、摑《つか》まりながら、立つこともできるようになった。

「桃は、昔より、妖魔を退《しりぞ》け、悪神を遠ざけるものじゃ。その昔、伊邪那岐《いざなぎ》が伊邪那美《いざなみ》に追われ、黄泉国《よみのくに》から黄泉比良坂《よもつひらさか》を通って逃げる時、桃の実をなげてこれを防いだと言われている。この子の病が癒《い》えつつあるというのが、ぬしの手に入れた桃の実によるというのは、ありそうなことじゃ――」

道満の言葉に、

「はい」

と、明念は神妙《しんみよう》にうなずいた。

「しかし、その桃、ぬしの話の通りとすれば、ただの桃ではないな……」

じろりと、道満は明念を見、

「その桃、どこにある？」

そう問うた。

しかし、明念は答えない。

「まあ、よいわ」

道満はうなずき、

「だが、ぬしが子の真足も、おれの見たところ、まだ弱ってはいるが、もう死ぬようなことはあるまい。何故、昨夜にでも、桃をその女に渡してしまわなかったのじゃ」

そう問うた。

「――」

明念は、口をつぐんだままだ。

「何故じゃ」

道満が再度問うて、ようやく明念が口を開いた。

「道満様の言われしこと、ごもっともにござりまするが、しかし……」

「しかし、何じゃ？」

「あの、桜のことがござりますれば――」

「桜のこと？」

「あの桜の樹の中より、この桃を取り出しましたる時、たちまちにして桜が散ってしまいました……」

「それがどうした」

「あの桜が、秋にも拘わらず咲いていたというのは、あの桃の力にござりましょう。その桃を、わたしが取り去ってしまった途端、花は全て散ってしまったのです。それと同様のことが……」

「件《くだん》の桃をその媼に渡した途端、真足の命が消え去ってしまうのではないかと、それを心配しているというわけか――」

「はい」

「その桃は、今、どこじゃ？」

「――」

「匂いを嗅いだだけで、たちどころに元気になる桃じゃ。それを、真足に喰わせようとは思わなんだのか？」

「それが、かえっておそろしゅうござりまして……」

「まだ、喰わせてはおらぬと？」

「はい」

「しかし、桃を捨てたわけではない？」

「――」

「ぬし、仏師であったということは、多少の書は読み、経典などにも眼は通しておるということじゃな」

「はい……」

「なれば、その桃が何であるか、見当はつけているということであろうな……」

「――」

「答えぬということは、つけているということじゃな」

道満に問われて、明念はやはり答えない。

「なれば、その媼が言うた、虎を放つことの意味が、ぬしにもわかろう。あんな弓で待ち伏せしたとて、どうにもなるものではないわ――」

「その昔、素戔嗚尊《すさのおのみこと》が、八岐大蛇《やまたのおろち》を退治なされた時、甕の中に入れた酒を飲ませて、大蛇を酔わせてからそのことを為したとござります――」

「それにあやかろうと、あんなところに酒の入った甕を出していたというか……」

「――」

「そこに大蛇《おろち》でも虎でもない、このおれがのこのこやってきたというわけじゃな……」

道満は嗤った。

「無駄なことを……」

道満は、明念を見やり、

「逃げよ」

そう言った。

「逃げる？」

「桃をここに残し、真足を連れて、一刻も早くただ逃げよ。さすればその生命、ながらえることができよう――」

「――」

「不満か？」

「――」

「ぬし、まさか、ことをなんとか収めて、その桃を我がものとし、出世の道具にせんと考えておるのではあるまいな」

明念は答えなかった。

「図星か――」

道満は、明念の顔を覗き込んだ。

「真足は助けたい、桃も欲しい。それで、進退極まったというところかよ……」

やはり、明念は口をつぐんでいる。

「いったい、どのような理由で、その桃がこの山の中にあったのかはわからぬが、その桃、どこへ隠した？」

「――」

「この家《や》のどこぞにただ置いてあるだけなら、それほどの桃じゃ、いずくにあるかはこのおれにはわかる。その毎晩やってくるという媼も同様じゃ。それがわからぬ故、ぬしに返せと言うているのであろう。どこじゃ――」

言った道満の顔を見て、明念がにいっと笑った。

「あなたさまも、その桃が欲しゅうなられましたか？」

「言うわ、この男――」

道満も笑った。

「いずれにしろ、酒を馳走になった分だけは、働いてやろう。ただ、このことに我が生命《いのち》まではかけられぬぞ――」

道満が言ったその時――

「もうし、もうし、明念さま……」

嗄《しゃ》がれた声が、外から聞こえてきた。

眠っている真足をそこに残し、道満と明念は、簀子の上に出た。

明念は、弓を握っている。

庭の土の上に、巨大な蟹のように、うずくまって顔をあげているものがあった。

四つん這いになった、媼であった。

ぼろぼろになった、唐衣とおぼしきものを纏っている。

その眼が、月光を受けて、青く光っている。

「虎が、放たれましてござります。まもなく、この地にやってまいりましょう。さすれば、たれにもとめられませぬ。どうぞどうぞ、その前に桃を……」

と、媼は言った。

「蟠桃《ばんとう》の実か――」

道満が、簀子の上から声をかけた。

媼は、道満を見あげ、

「あなたさまは？」

「蘆屋道満というものさ。この男に、酒を馳走になってしまったのでな、なんとかしてやろうと思うて、ここにおる」

「どうにもなりませぬ。たとえたれであれ――」

「わかっておる。蟠桃の樹の鬼門を守る虎じゃ。このおれとて、どうにもならぬわ――」

「それを、御存知とは……」

「崑崙山《こんろんさん》は西王母《せいおうぼ》どのの庭に生えるという蟠桃の樹、知るものは知っておる」

唐の古い書物の多くに、そのこと、記されている。

西王母というのは、天帝の妻とも、西の女神《にょしん》とも言われている。

崑崙山に住み、そこに蟠桃園という庭を持っている。

そこに生えているのが、蟠桃の樹である。

その樹の頂は、天よりも高く聳《そび》え、その枝は、曲りくねりながら、三千里四方に伸びている。

この枝に、九千年に一度実ると言われているのが、蟠桃である。

これを食せば、不老不死となり、この天地と齢《よわい》を同じくするとも言われている。

その芳香《ほうこう》は甘く、花は八重、実には紫の紋様があり、その核《さね》は浅葱《あさぎ》色をしている。

この蟠桃の伸びた枝の東北の方角から鬼が出入りをすることから、東北の方角を鬼門と呼ぶようになった。

この樹には、西王母に仕える二人の神がいて、その名を神荼《しんと》、鬱塁《うつりつ》という。

この二神が、鬼門を出入りする鬼を捕え、これを、飼っている虎に喰わせるのである。

虎が放たれたというのは、この虎のことである。

当然ながら、その虎を放つよう命じたのは西王母ということになる。

「安心しろ、蟠桃の実は、確かにあるよ。この明念が、隠してるだけだ」

道満は言った。

「おう、やはり……」

「虎が来る前に、訊いておきたいのだが、どうして、こんなところに、蟠桃の実があったんだい」

道満は問うた。

「どれほど時間があるのかはわかりませんが、お話し申しあげましょう――」

媼は言った。

「その昔、今より、この地上でおよそ七百年ほど昔、東勝神洲《とうしょうしんしゅう》の花果山というところに、妖猿《ようえん》が生まれまして、我々はこれを石猿《いしざる》と呼んでおりましたのですが、事情あって天界で玉帝《ぎょくてい》に仕えるようになり、西王母さまの蟠桃園の管理をする役を仰《おお》せつかりました。ところがこの石猿、たいへんに乱暴もので、しかも妖力並ならぬものがあり、自らを斉《せい》天大聖《てんたいせい》などと名のり、かねてより傍若無人《ぼうじゃくぶじん》のふるまい。ある時、この九千年に一度生《な》る蟠桃の実を、勝手にもいで好きほうだいに食べちらかしたのでござります。おりしも、西王母さまの蟠桃会《ばんとうえ》の開かれる日にあたっており、天界は大騒ぎとなりました……」

「ほう……」

「わたくしは、西王母さまに仕える七仙女《しちせんにょ》のうちの紫衣仙女《しいせんにょ》というものにございます。その日、蟠桃会のための桃を摘《つ》みに、我々は蟠桃園まで出かけたのですが、この騒ぎで、七つの実を、それぞれひとつずつ、天界から下界に落としてしまったのでございます。わたくしたちは、それぞれ自分の落とした桃を捜すため、地上へ下りましたが、他の六つは見つかったものの、わたくしの落とした実だけが見つかりません。それで、七百年もの間、こうして、実を捜し続けていたのでございます」

「七百年?」

「天界の一日は、地上の一年にございますれば、まだ天界では二年も過ぎてはおりませぬが、地上では七百年の歳月が過ぎてしまいました。地上にあっては、人と同様に、我らも歳をとりまする故、このように老いた姿となってしまいましたが、天人故に、どれだけ歳を経ようと、死ぬことかないませぬ。桃を見つけるまでは、天に帰ることもできず、こうして、徒《いたず》らに老いるまま地を彷徨《さまよ》うていたのでございます——」

「なるほど——」

「しばらく前、ふいに、地上に桃が出現し、東の方角よりその光が見えましたので、これはわたくしの桃であろうと、こうしてこの地までやってきたのでございます」

「何故、これまでわからなかったのじゃ」

「地に落ちた桃の実を捜しに降りてまいりましたのは、天界で三月あまりも過ぎてからのことにござりました。すでに地上では百年に余る歳月がたっておりました。こちらへ来てわかったのですが、わたくしの桃が落ちたのが、ちょうどあの場所に生えていた桜の若樹の根のあたりだったのでしょう。我らが地上に降りてくるその百数十年の間に、幹が成長し、根が張り、自然にあの桃を守るようにそれを自ら囲って、偶然か何かの力が働いたのか、ちょうどその部分が、如来のお姿に似てしまったのでしょう。ただ、地上にあるだけなら、わたくし共もわかるのですが、如来のお姿の中にあったものは、我らもわかりかねます。それで、幸いにも悪党や魔物からあの桃が守られたのはよかったのですが、わたくしの眼からも、桃のありかがわからぬようになってしまったのでござります——」

「ふうん」

「この桃、放っておいて、めったなものに食われては、またもやあの石猿の如き妖魔が誕生しかねませぬ。それで、一刻も早く、あの桃を、天界へ持ち帰らねばならないのでござります……」

「であろうなあ……」

「おふたりにお願い申しあげます。どうぞ、どうぞ、あの桃を、このわたくしの手にお渡しくだされませ」
媼——紫衣仙女が言った。
道満は、明念を見やり、
「どうする？」
そう問うた。
明念は、答えない。
その時——
ごう……
と、天に低く風の音が鳴った。
その音が、だんだんと大きくなってくる。
道満が見あげた天に、黒雲が渦を巻きはじめ、次々に星を隠してゆく。
「来たようじゃなア……」
明念は、唇を噛んで、黙っている。
「ぬしの決心がつかぬのなら、このおれが、かわりに決めてやろうか……」
道満は、右手を自分の懐に差し込んだ。
そこから取り出したのは、小さな文箱であった。
その蓋《ふた》の上に、仏の姿が彫られている。

それを見た時、

「あっ」

と、明念が声をあげた。

「そ、それは？」

「ぬしの考えることくらい、この道満にはお見通しじゃ。桃の実が、天界の者に見つからなかったのは、あの桜の幹が仏の姿に似ていたからじゃ。なれば、仏の御姿《みすがた》を刻んだこの文箱の中へ桃を隠せば、見えぬ道理じゃ――」

道満が蓋を開けると、文箱の中から、青い美しい光が放たれた。

左手に文箱を持ち、道満は、右手でそこに入っていた桃を摑んで取り出した。

この時には、すでに黒雲が月を隠していた。

ごうごうと、激しく、天で風が唸《うな》っている。

道満の蓬髪《ほうはつ》を、風が激しく叩いて持ちあげる。

その顔を照らしているのは、月の光ではなく、道満が手にした桃から放たれる光であった。

「おう、美しい……」

道満は、唇の片端を吊りあげた。

「そ、その桃、どうするつもりじゃ」

明念が言った。

「このおれが、もろうてやる」

「なに!?」

「ぬしを助けてやろうと言うたではないか。このおれが、この桃を手にすれば、虎が襲うてくるは、この道満じゃ。ぬしの生命は無事じゃ」

「な、なんだと!?」

明念は叫んだ。

「それでは、おまえが虎に喰われて、死んでしまうぞ」

言われた道満、
くく、
かか、
と、嗤った。

「喰われるより先に、この道満が先に、この桃を食えばよい」

「なに!?」

「この桃を喰えば、おれは不老不死じゃ。歳もとらぬ、何者もおれを殺せぬ。たとえ、それが、西王母の虎とてなあ」

黄色い歯をむき出しにして、道満は凄《すさ》まじい笑みを浮かべた。

その頭上で、風が騒いでいる。

おそろしい大きさをもった獣が、天で吠えている。

圧倒的に巨大な何かが、天で猛《たけ》っている。

雲が割れた。

そこから、その獣が降りてこようとしているのがわかる。

道満は嗤った。

道満は、大きな口を開き、右手に摑んだ桃を、その口の近くへ持っていった。

その手が止まった。

くくく……と、道満はまた嗤った。

「啖《くろ》うてたまるかよ」

道満は、そう言って、桃を投げた。

桃は、庭に飛んで、紫衣仙女の上に落ちた。

紫衣仙女が、それを手で受けた。

「馬鹿が。この道満が、天地と同じ齢を本気で欲しがると思うたか」

にいっと道満は嗤った。

「不死などになったら、美味《うま》い酒は飲めぬ。笛の音を聴いても、それを心地よく聴けぬ。生命に限りあればこそ、酒が美味いのじゃ。なあ——」

道満は、庭を見やった。

その庭に、美しい女が立っていた。

若い、紫の衣を着た女であった。

その両手で、桃を握っている。

紫衣仙女であった。

空を覆っていた黒雲が、次々にちぎれて散りぢりになってゆく。

風はやみ、再び、庭に月光が降りてきていた。

その月光の中に、若い女が立って、簀子の上の道満と明念を見つめていた。

「ありがとうござりました……」

紫衣仙女は言った。

「道満さまのおかげで、桃がもどりました」

「ふん」

「この御礼に、酒の酌をして欲しい時にはいつでも西の天に向かって、このように声をおかけ下されませ。紫衣仙女よ、酒の相手をせよと――」

「わかった、そうすることにしよう」

「いつでも――」

仙女は微笑した。

「ところで、この明念の息子、真足の生命じゃが、その桃が失くなったとて、まさか死ぬるようなことはあるまいな」

「むろんにございます」

頭を下げた仙女の身体が、ふわりと月光の中に浮いていた。

しずしずと風と共に仙女の身体がさらに浮きあがっていく。

そのまま、紫衣仙女の姿は月光の中を昇ってゆき、やがて、見えなくなった。

たれもいなくなった庭に、ただ、月光が差している。

「礼を言わねば、なりませぬかな……」

明念が言った。

「礼はいらぬよ。おれが、馳走になった酒の礼をしただけのことだからな――」

道満は言った。

月光の中で、秋の虫が鳴きはじめていた。

安達原《あだちがはら》

一

凍えるような月の光が、庭を照らしている。

その月光が凍りついたように、霜が降りている。

紅葉《もみじ》した楓《かえで》の落葉《らくよう》や、枯れかけた女郎花《おみなえし》、桔梗《ききょう》や竜胆《りんどう》の葉や草の先までが月光を宿した霜に縁《ふち》どられて、闇の中で、妖しく朧《おぼろ》な光を放っている。

半月《はんげつ》よりやや丸みを帯びた月が、中天にあって、明《あか》あかと夜の底を照らしているのである。

「月が鳴っているようじゃ……」

うっとりとつぶやいたのは、源 博雅《みなもとのひろまさ》であった。

博雅の言う通り、張りつめた青い月光が、虚空《こくう》の中で凜々《りんりん》と鳴り響いているようであった。

晴明《せいめい》がさっきから黙っているのは、その音に耳を傾けているのかもしれなかった。

安倍《あべの》晴明の屋敷の簀子《すのこ》の上で、晴明と博雅は酒を飲んでいるのである。

燈台に灯《とも》りひとつを点し、火桶を傍《かたわら》に置いて、ふたりで月の音《ね》に聴きいっているようであった。

「ああ、この月の光に笛を合わせてみたいものじゃ……」

溜め息と共に、博雅は言った。

「聴かせてくれ、博雅――」

晴明が言う。

「よいのか。月を楽しむのに、邪魔になるかと思うていたのだが――」

「お前の笛が、何かの邪魔になることなぞあるものか。おまえが笛を吹けば、唐《から》、天竺《てんじく》に座《おわ》す神々までもが、この月の光の中に群れ集《つど》い、それぞれに歓喜《かんき》して踊ることであろうよ。かたちなきもの、虚空や月の光でさえ、かたちを成して舞うに違いないさ――」

「晴明、おまえにしては、珍らしく、まるで詩のような詞《ことば》を口にするではないか――」

懐《ふところ》から葉二《はふたつ》を取り出しながら、博雅が言った。

「ふふん」

と、晴明が、紅い唇に笑みを点した。

博雅は、葉二を口にあてた。

吹いた。
葉二から音が滑り出てきたその瞬間――
庭の光景が一変した。
月光が、うねったのである。
霜のひと粒ずつがきらきらと輝きはじめ、博雅の笛を悦《よろこ》び、寿《ことほ》ぎ、その音《ね》に合わせて
絃鳴《ふる》えはじめたのである。
「おう……」
と、晴明が、思わず声をあげた。
喨々《りようりよう》と博雅の笛が響く。
笛の音《ね》に月光がたわむれ、月光に笛の音がたわむれる。
その周囲で、天地のあわいから抜け出してきた気配が舞った。
きら、
きら、
もののけの鱗《うろこ》のように、笛の音が光る。
りん、
りん、
と、月が鳴る。

と──

そこへ、何かの音が聴こえてきた。

門を叩く音。

そして──

「もうし、もうし……」

人の声まで聴こえてきた。

「どうぞ、何とぞ、ここをお開《あ》けくだされや……」

博雅が、笛を吹くのをやめた。

はたはたと、簀子を踏む音が近づいてきて、蜜虫《みつむし》が姿を現わした。

「たれか、門の外に倒れておいでてございます……」

蜜虫は言った。

二

背よりも高い、薄原《すすきのはら》を歩いている。

すでに、そこは、道ではなかった。

始めのうちは、ほそほそと、それでも道らしきものはあったのだが、いつの間にかそれも消えていた。

自然に道が途絶えたのか、それとも道を踏み迷ったか。

いずれにしろ、今、迷っていることには間違いなかった。

祐慶《ゆうけい》は、足を止めて、天を見あげた。

すでに、陽の光はなくなって、明りは西の空にぼんやりと残っているだけであった。

陸奥《むつ》の国——

三日前に、白河の関を越えている。

風が出てきた。

周囲で、ざわりざわりと、薄の穂がうねっている。

東の空に、赤みを帯びた月が、ほっこりと浮かんでいる。

まだ、かろうじて辺りの様子は見てとれるが、それも、いずれ見えなくなるであろう。

しかし、月がもう少し高く昇れば、その月の光でなんとか歩くことくらいはできるであろう。

また、祐慶は歩き出した。

凝《じ》っとしていても、状況は変らない。歩けば、足を踏み出していれば、人家に出ることもあるであろう。とにかく、歩くことだ。

熊野《ゆや》の順礼廻国《じゅんれいかいこく》は、昔から祐慶の願っていたことであった。その途上《とじょう》にあって、どういう泣き言も言うつもりはない。

ともかく、歩かねば、どこにもたどりつくことはできない。

しかし、歩いているうちに、とっぷりと日は暮れていた。それでもなんとか歩くことができたのは、月が高くなったからである。

歩くうちに、足が重くなった。

ぞくぞくと寒気がして、息が荒くなり、ふらふらする。

やけに疲れる。おかしいぞと思っているうちに、熱が出てきた。

それでも薄を分けて進んでゆくと、向こうに灯りが見えたような気がした。足を止め、数歩もどって同じ方角を見ると、確かに灯りが見える。立つ場所や、頭の位置によって、その灯りが見えたり見えなかったりするのは、途中に木立ちや、薄があって、それが灯りを遮ったり遮らなかったりするからであろう。

その灯りの方に向かってやっとの思いで歩いてゆくと、薄が途ぎれ、木立ちがあり、その奥に家が立っていた。

月明りに見れば粗末な家であったが、それでも雨露はしのげそうであった。

中で火が燃えているらしく、その炎の灯りが、崩れた土壁の隙き間《すま》から見えていたのである。

入口に、菰《こも》が掛かっている。

その菰の前に立って、

「もうし、もうし——」

祐慶は声をかけた。

「どなた——」

声がした。

女の声である。

「廻国行脚《あんぎや》の僧にござります。道に迷い、夜になって難儀しておりましたところ、こちらの家の灯りを見つけてやってまいりました。軒下なりともかまいませぬ。どうか一夜の宿をお貸し願えませぬでしょうか——」

ここで、もし断られても、もう動けない。

身体の芯は火照《ほて》っているのに、震えるほど寒いのである。

菰があがって、中から女が出てきた。

思いがけなく若い女であった。

しかも美しい。

その顔を見て、ほっとした祐慶は、そのまま意識を失って、そこに倒れ込んでしまったのである。

気がついた時、祐慶は、藁《わら》の褥《しとね》の上に横になっていた。

身体の上には菰が掛けられている。

すぐ傍の囲炉裏《いろり》では、火があかあかと燃え、その上に掛けられた鍋から湯気があがっていた。

「お気がつかれましたか――」

首を動かして声のする方を見れば、囲炉裏の前に若い女が座していて、木の椀に、木の杓子《しゃくし》で、鍋の中で煮えているものを盛っているところであった。

「これは――」

と身を起こそうとした祐慶であったが、身体に力が入らない。

「御無理なされてはいけません」

女は、椀を持って歩いてくると、しゃがんでその椀を囲炉裏の縁に置いて、祐慶を助け起こして、座らせた。

「粥《かゆ》でもめされませ。何か身体に入れておかねば、治る病も治りませせぬ」

右手で祐慶を支えながら、左手に椀を取って、それを祐慶の口元にもっていった。

祐慶は、それを啜《すす》った。

ほどのよい温《ぬく》もりであり、粥の熱が、口から腹へとおりてゆくのがわかった。粥の温もりが全身に染み込んでゆくのがわかった。

椀に二杯の粥を腹に入れ、祐慶はそのまま眠りに落ちた。

翌朝目覚めた時には、自力で身を起こせるようになり、三日目には、自分で立って用をたせるようになった。

この間、祐慶は、ずっと女の世話になっていたのである。

「こんなあばら家に、女ひとり。充分なお世話もできませんでしたが、お元気になられたようで、ようござりました――」

女は言った。

祐慶は、今は、支えられることもなく、囲炉裏の傍に自ら座している。

あらためて見れば、このような人里離れた場所に、ただひとり住むには、女は若く、美しい。

しゃべる言葉や、立居ふるまいも、鄙《ひな》のものではなく、都にあってそれなりの屋敷に仕える女房の如き品がある。

「まことにありがたきことにござりました。おかげさまをもちまして、明日には出立《しゅったつ》できそうです」

祐慶は、礼を言って頭を下げた。

しかし、このような山中に、このような女房が、どうやって独りで暮らしてゆけるのか。

「見れば、お独りでお暮らしのようでござりますが、あなたさまの御様子をうかがっておりますと、とてもかような所に住まわれる方のようには見えません。さぞや、何かの子細《しさい》あってのことと思われますが――」

「ああ、そのようなこと、お訊ね下されますな。どのような人であれ、人は皆いずれかの子細あって、そこに暮らし、生きるものにござります。人様にお話し申しあげるようなものではござりませぬ」

と、女は眼を伏せた。

その眼を伏せた顔に、看病疲れか、やつれのようなものが見えた。

そのやつれがまた、なかなかに風情《ふぜい》あって色香がある。

「あなたさまも、もう御自分で動けるようになった御様子。この上は、一日も早うお発《た》ちなされるがよろしゅうござりましょう。かといって、今日、お出になられるのは、わたくしも淋しゅうござりますので、今夜は、わが家に休んで、疲れをとっていって下さりませ――」

と女は言った。

「それについては、ひとつ、お願いがござります。あなたさまが動けるようになった故申しあげるのでござりまするが、この奥にもうひと間がござりまする。しかし、くれぐれもそちらの間へは、足をお運びなされませぬよう――」

「わたしは、この家にやっかいになっている者。主であるそなたが、ならぬと申すことを、何でしょうものか――」

「くれぐれも、くれぐれもお願い申しあげまするよ」

女は、なんとも悩ましい眼で祐慶を見てそう言った。

その晩――

眠っていた祐慶の横へ、するりと忍び込んできた柔らかな身体があった。

気がついた祐慶が、

「あ……」

と、小さく声をあげると、

「お許し下されませ――」

と、主の女がしがみついてきた。

「長い独り寝の夜、淋しゅうて淋しゅうて、息もできぬような日々にござりました。こうして、出会えたのも何かの御縁、どうか、どうか、朝までこうしていさせて下されませ――」

「しかし、わたしは御仏《みほとけ》に仕える身……」

「お情けを下されませとは申しません。どうぞ、朝までこうしていさせていただければそれだけで――」

と、女がしがみついてくるので、祐慶もそれ以上は拒めなかった。

祐慶とて、出家する前には、女と情を交したことはある。その肌の温もりや、ここちよさはわかっている。

添い寝するだけならと思ったのが、しかし、そうはいかないのが、男と女の仲であった。

ついに、情を交してしまったのである。

翌日、祐慶は出立《しゅったつ》しなかった。

その翌日も出立しなかった。

一日、一日と、出立を延ばしているうちに、十日が過ぎてしまった。

この十日のうちに、一日、一日と、女のやつれがひどくなってゆく。

「一日も早う、出立を――」

と、女は言う。祐慶もそのつもりでいるのだが、ついつい女の肌の温もりのことを思うと、それが先へ延びてしまうのであった。

その晩――

いつものように女と情を交した後、祐慶は、すぐに眠りに落ちた。

眼を覚ましたのは、どれくらいたってからであろうか。

何か、不思議な音が聴こえていたのである。

しゅん、
しゅん、

という、何かがこすれるような音であった。
はて――
と思って気がついた。
いつもなら、横で眠っているはずの女の身体が横にないのである。
どこへ行ったのか。
祐慶は、上半身を起こした。
闇の中である。
しゅん、
しゅん、
という音はまだ聴こえている。
見回せば、闇の中で、一カ所、灯りが揺れている。
奥の間の方であった。
しゅん、
しゅん、
という音は、奥の間の方から聴こえてくる。
女が、独り起き出して、奥の間に灯りを点し、そこで何かしているのか。
祐慶は、立ちあがった。

その場で、しばらく、祐慶は、その音に耳を澄ました。

どうする？

やがて――

息を殺し、音がせぬように歩き出したのは、奥の間を見ぬようにと女から言われていたことに対する後ろめたさがあったからだ。

そっと足を踏み出しながらも、祐慶は迷っている。

女が、見るなと言っていた奥の間を、自分は見ようとしている。自分は、見ないと約束をした。その約束を、自分は今破ろうとしている。そんなことをしてよいのか。

しかし、足は、少しずつ、奥の間へ向かっている。

女のことも、心配であった。

このところ、女のやつれがひどいのだ。

「どうしたのだね、おまえはひどく疲れているようだよ」

祐慶が言っても、

「気のせいでござりますよ。おまえさまが元気になられた故、そう見えているだけでござります」

女はそう答えるばかりである。

その女のことも気になっている。

女は、この二、三日で、ふたつ、みっつではない、十《とお》も齢《とし》をとったようになっている。
昼も、かたくなに、奥の間を見せようとしない。
そもそも、このような山中に、どうして女ひとりが暮らしてゆけるのか。
どうして、女はひとりで暮らしているのか。
その秘密が、奥の間にあるのかもしれない。
ことによったら、そこに、女の夫《つま》でもいるのかもしれない。
その夫が病で、それを他人に見せたくないのかもしれない。
そう思っているうちにも、足は前に進んでゆく。
女の秘密を見てみたい。
いけないこととは知りつつも、その好奇心には勝てなかった。
ついに——
祐慶は、覗《のぞ》いた。
そして、祐慶は、見たのであった。
その光景を。
女の秘密を。
そこに、灯りがひとつ、点っていた。
女が、その灯りの横に座して、背を丸め、顔を伏せて包丁を研《と》いでいたのである。

しゅん、

しゅん、

というのは、砥石の上を包丁が動く音であった。

その音がするたびに、女の肩と首が前へ少し動く。

そして——

そこの天井から、幾つもぶら下がっているのは、人の、裸にむかれた屍体であった。

床には、幾つも首が転がり、それらは腐り、膿汁《のうじゅう》をたらし、歯をむき、めだまをむいているのである。それが、灯りに、照らし出されているのである。

その中央で、女が包丁を研いでいるのである。

凄《すさ》まじい臭いであった。

どうして、この臭いに、これまで自分は気づかなかったのか。

わかった。

これまで、この女は、旅人を泊めてはそれを殺し、その肉を啖《くら》って生きてきたのだ。

それこそが、この山中で、女ひとりが生きてゆける理由であったのだ。

がたがたと、身体が震えた。

歯が、かちかちと鳴った。

今、女が包丁を研いでいるのは、眠っている自分を殺して、啖うためだ——そう思った。
その歯の音に、女が気がついた。
顔をあげた。
その顔を見て、
「あっ」
と、祐慶は声をあげた。
女の髪は、白く、眼は黄色く光り、顔は皺《しわ》だらけであった。
これまで、若い美しい女と見えていたのは、実は、千年齢《とし》経《へ》た老婆であったのだ。
老婆は、祐慶を睨《にら》んだ。
「よくも、よくも、このあさましき我が姿をごらんじなされましたなあ――」
包丁を持ったまま、立ちあがった。
ぬうっ、
ぬうっ、
と、女の口から黄色い牙が生えた。
白髪の間から、頭の皮膚を突き破って、ねじれた二本の角《つの》が生えてきた。
「鬼じゃ!」
と、叫んで、祐慶は女に背を向けて逃げた。

外に飛び出て、素足のまま逃げた。

「何故じゃ、何故じゃ――」

女が、走りながら追ってくる。

「覗いてはならぬと言うたに、見てくだされるなと言うたに、何故覗いた、何故に見たのじゃ……」

「わああ」

叫びながら、祐慶は逃げた。

草や石で、素足が傷つき、痛かったが、それ以上に女がおそろしかった。

痛みよりも、そして死よりも、何よりも、今、女に捕まることの方が、祐慶にとっては怖かった。

三

「それで、お逃げになられたわけですね――」

晴明が問うと、

「はい」

と、祐慶はうなずいた。

簀子の上である。

祐慶は、蜜虫に支えられながら、ようやく倒れずに、そこへ座している。

「なんとも、おそろしい目にあわれたものじゃ――」

博雅は、杯を置いたまま、唸《うな》るように言った。

晴明の屋敷の門前に倒れていた祐慶は、なんとか蜜虫に助けられて起きあがり、ここまでやってきて、今、晴明と博雅に、これまでのことを語っているところであった。

着ているものはぼろぼろで、ずっと剃髪していないのであろう、髪も生えてきており、髯《ひげ》も伸びている。

頰はこけ、痩せ細り、半分、死人のように見える。

「なんとか女の手を逃《のが》れ、あとはただひたすら、陸奥《みちのく》から都まで、必死でたどりついたのでござりまするが……」

息も絶えだえに、祐慶は言った。

「いつも、いつも、こうしていても、女の声が聴こえてくるのでござります」

――何故、このようにあさましき姿をご覧じなされた。

――ようも見たなあ。

――見ぬと約束したに。

「この声が、耳を離れませせぬ。夜も眠れず、ただひたすら念仏しながら、逃げてまいりました。しかし、いつまでたっても追われているようで、この上は、験力《げんりき》あるどなたかにおすがりする他はなく、そう考えた時に思い出したのが、晴明様の、御名前《おんなまえ》にござりました。晴明様なれば、これをなんとかしていただけるのではないかと思い、都へたどりついたその足で、こちらまで這うようにしてやってきたのでござります——」

そこへ、博雅の笛の音《ね》が聴こえてきた。

その音にひかれるようにして、晴明の屋敷の門の前までやってきて、そこで倒れたというのである。

祐慶は、両手を簀子の上について、上体の重さをやっと支えている。

晴明は、哀れむような眼で、祐慶を見やり、

「ようわかっております。この晴明には、ようわかっております。あなたさま御自身は、それがまだおわかりになっておらぬだけ——」

優しい声で言った。

「何のことでござります?」

「これにござります」

晴明は立ちあがり、足を進めて祐慶に近づいて、身をかがめた。

祐慶の身につけているものの裾のあたりに両手を伸ばし、何かを両手に包み、持ちあげるような仕種《しぐさ》をして、立ちあがった。

「いかがでござります」

晴明が、その両手を伸ばすと、その両手の中に包まれていたのは、ひとつの髑髏《どくろ》であった。

髪が何本か、まだ、頭蓋に張りついた、ひからびた皮のようなものから伸びている。

「せ、晴明、それは……」

博雅は言った。

「これが、あなたさまの着ているものの裾に嚙みついておりました」

晴明は、祐慶に向かって言った。

「それは――」

「件《くだん》の女の髑髏《されこうべ》にござりましょう」

「では、都までの道々、ずっと女の声が聴こえていたような気がしたのは……」

「この髑髏《されこうべ》のせいにござります」

言いながら、晴明は、素足で霜の降りている庭に下りた。

土の上に髑髏《どくろ》を置き、その白い額のあたりに右手の指先を優しくあてて、小さく呪《しゅ》を唱えた。

すると、その髑髏《どくろ》に肉が付き、眼が生じ、鼻や口が生じて、美しい女の首になった。

「あなたは？」

晴明が問うた。

「わたくしは、その昔、平将門《たいらのまさかど》様に仕えていた者の端女《はしため》にございます。将門様御謀反《ごむほん》のおり、追われて一族の者何人かと陸奥《みちのく》へ逃げました。山中に逃れ潜んで暮らしていたのですが、そのうちに、仲間の者がひとり死に、ふたり死に、ついにはわたくしひとりとなってしまいました。女ひとり、生きてゆくため、旅の者を泊めては、殺して持ちものや衣《きぬ》を奪っていたのですが、そのうち、あさましくも人の肉を啖い、血を啜ることも覚えてしまいました――」

女の首は、はらはらと涙を流し、

「人の血を啜れば一時は若返り、啜らねばまた齢を重ね、また人の血を啜るということを繰り返すうち、いつか、人肉を啖い、血を啜らねば、ひもじうてひもじうてならぬような、鬼となりはててしまったのが、わたくしにございます」

「そ、それでは、そなたは、わたしも……」

祐慶は言った。

「いいえ、あなたさまだけは、ひと目見た時からそのお姿に心を奪われ、ひと晩お世話してからは、本心からおしたいするようになってしまいました。しかし、人の血肉を欲する心が消えたわけではなく、また、愛しければ愛しいほどその方の肉を啖い、血を啜りたくなるのでござります」

しゃべっている女の首の唇から、牙がぬうっぬうっと伸びてきた。

「あなたさまと一緒にいる時は、ああ、愛しい、ああ、食べたい。そのことばかりで、気も狂わんばかりの日々でござりました。このままでは、いつか、あなたを食べてしまうと思い、一日も早く我が家を去《い》ぬるようにも言うたのでござりますが、いざ、その日になると、ゆかせることもできず、啖うこともできぬまま、ついには我慢できずにわりない仲となり、お情《なさけ》を頂戴《ちょうだい》することとなってしまいました……」

「ああ、そうであったのかね、そうであったのかね――」

「できることなら、このわたくしの本性を知られぬまま、去って欲しかったのですが、ついに、わたくしのあさましき姿を、あなたさまに見られてしまったのでござります――」

女の言葉に、

「おう……」

と、祐慶は頭を抱えた。

「晴明様、でござりましたか――」

女が言った。

「うむ」

と、晴明がうなずく。

「あなたさまには、すでにおわかりのことでござりましょう」

「ああ、皆わかっている」

「では、こちらの祐慶様を、お連れしてよろしゅうございましょうか――」

「よいも悪いも、これは、そなたらが決めることであろうよ」

「はい」

女が、うなずいた。

「何を申されます、晴明様。わたしを助けては下されませぬのか――」

「助けるも助けぬも、これは、そなたらのことであると申しあげました。あなたさまの本当の心の裡《うち》はいかがなのです――」

「いかがとは？」

「祐慶どの、ずっと、陸奥《みちのく》からあなたを追ってくるものがあるとおっしゃっておられましたが、それは、追ってきたのは、あなたの心だったのではありませぬか――」

「何を申されますか、晴明様――」

「いや、本当は、あなたも、こちらの御方をおしたいしていらっしゃったのではありませんか。あなたが、逃げたい逃げたいと思えば思うほど、あなたの本当の心は、こちらの方を想い続けていたのではありませんか――」

「まさか……」

という祐慶の言葉に、

「おい、晴明よ、おまえ、いったい何を言おうとしているのじゃ」

博雅は言った。

晴明は、哀しそうな顔で博雅を見やり、

「博雅よ、実はな、このかたのみならず、祐慶殿もまた、この世の御方ではないのだ
――」

「な、なんじゃと!?」

博雅が声をあげると、

「な、何をいわれます、晴明様――」

祐慶が立ちあがった。

「祐慶さま、あなたは、十年前の晩、わたくしの家を逃げ出した時、わたくしにとり殺されて、今はあの薄原に、ともに髑髏《されこうべ》となって、わたくしとふたり、並んで月の光にさらされておりまする身――」

女の首が言った。

「なんじゃと?」

「あれから、幾たび、あなたさまは、わたくしから逃げ出したことでござりましょう。今度、あなたを捕えず、この都までゆかせたのは、晴明様に会わせて、あなたとわたくしの本当の姿を知っていただくためにござります。あなたさまが、晴明様の屋敷へたどりついたのは、わたくしが、そのように、後ろからあなたを操ったからこそのこと

「――」

「そ、それでは、わたしは……」

祐慶は、庭へ跳び下り、両手を広げて、月光の中に立った。

その両手のみならず、祐慶の身体の中まで月光は通り抜け、地に下りた霜を光らせていた。

「おお、おお――」

祐慶は、声をあげた。

「まさか、まさか――」

庭から、祐慶は、哀しそうな顔をあげて、晴明を見た。

「このわたしは……」

「死霊《しりょう》にござりまするよ」

晴明は、なんとも痛ましげな顔で、祐慶にそう告げた。

「これで、もどれまするな、あの場所へ――」

女の首が言った。

「おう、おおおおう……」

祐慶の身体全体が薄くなってゆき、その姿の向こうの風景が透けて見える。

「ああ、なんと、なんという……」

「まいりましょう。祐慶さま……」

女の首も、月光の中で、ゆっくりと薄くなってゆく。

そして、ついに……

「ああ……」

深い溜め息を洩《も》らして、祐慶は、そこから姿を消していた。

女の首も、同時に、月光に溶けるように見えなくなっていた。

しばらくたってから——

「おい、晴明よ」

博雅が、ようやく口を開いた。

「今、ここで、何があったのじゃ？」

「何も……」

晴明は言った。

「秋から残っていた夜露が、ひとつぶ、ふたつぶ、消ゆるのを我らはただ見ただけぞ——」

「そうなのか？」

「うむ——」

晴明はうなずいた。

女の首も、祐慶の姿も、さっきからそれがあったことを思わせるものは、もう何もない。

ふたりの消えた夜の庭を、月光が、いよいよ青く冷たく、照らしているばかりであった。

首をかたむける女《ひと》

一

博雅《ひろまさ》は、笛を吹いている。

葉二《はふたつ》である。

朱雀門《すざくもん》の鬼からもらった笛だ。

その笛を吹きながら、博雅は歩いているのである。

博雅が踏んでいるのは、土ではない。

もっと柔らかいものだ。

しかし、柔らかいと言っても、ぬかるんだ泥のようでもなければ、餅《もち》のような弾力のあるものでもない。

気分としては、宙《ちゅう》を踏んでいるようである。

天を歩いているような気さえする。

天の気と同化し、天とひとつになって、雲のように浮いているようであった。

これは、夢か。

夢にしては、自分の吹く笛の音《ね》が、嚠々《りようりよう》とよく耳に響く。

気持ちがよい。

そう言えば、たれかに耳元で囁《ささや》かれたような気もする。

女の声であったようだ。

眠っている時であったか。

「博雅さま、博雅さま……」

優しい、小さな声であった。

「笛を……」

その声が言った。

「笛?」

と、自分はその声に問うたであろうか。

「笛を吹いて下されませ」

女の声が囁くのである。

「今年最初の我らの子らが、博雅さまの笛でのうてはいやじゃと申しておりまする」

「いやとは?」

「いよいよ、気が満ち、時満ちて、生まれる段になって、我らの楽の音《ね》では、いやじゃと申しておりまする」

その声は言った。

「我ら、博雅さまが、この世にお生まれあそばされたおり、天に楽の音を響かせたものにございます」

そう言えば、子供のころ、そのような不思議のあったことを聴かされたことがあった。

「今度は、博雅さまが、我らの子らのために……」

声はそう言うのである。

「しかし……」

と言うのへ、

「博雅さま、昨日、安倍晴明《あべのせいめい》さまのお屋敷にて、笛を吹かれましたな」

訊ねてくるのである。

そう言えば、吹いた。

酒を飲み、心地よくなって、葉二を取り出して吹いたのではなかったか。

「その笛を、我らの子らが聴いてしまったのでございます」

その声に重なって、

「聴いてしまったのでございます」

別の声が言った。

「博雅さまの笛の音に合わせて生まれたいと、子らはかようにに申すのでございます」

また別の声が言った。

「申すのでございます」

「どうか、博雅さま」

「博雅さま」

「笛を――」

「笛を――」

多くの声が重なって、そう懇願されたのである。

手を引かれた。

その時、ふわりと身体が浮いたのか、起きあがったのか。

気がついたら、この場所にいて、歩きながら笛を吹いていたのである。

足元は、なんだか、ふわりふわりとしていて、雲のようである。

頭上には、星が幾つもきらめいて、冴えざえとした月まで出ている。

気がつけば、周囲をひらひらと舞っているのは、天女である。

鼓《つづみ》を打つものも、笙《しょう》を吹くものも、篳篥《ひちりき》を吹くものもいる。

天女たちが、ころころと笑いさざめきながら喜んでいるのである。

「ありがとうございます」

声が言う。

「なんとよき笛にございましょう」

「子らもあんなに悦《よろこ》んで――」

「小踊りしておりまする」

「おお、生まれてゆきまするぞ」

「生まれましたぞ」

「ほれ、あのようにたくさん」

「ほんに」

「ほんに」

ひらひらと舞いながら、天女たちは、羽衣《はごろも》を揺らしながら言うのである。

博雅も嬉しくなって、さらに吹いた。

金色、

銀色、

きら、

きら、

きら、

きら、
笛の音が、天女たちの間で光るのである。

と――

博雅、ふいにあることに気がついた。

天女ではない女が、眼の前に座しているのである。

赤い唐衣《からごろも》を重ねて着ている美しい女であった。

博雅の笛の音に、女は耳を傾けている。

「博雅さま」

と、天女のひとりが言う。

「その女は、笛の御礼《おんれい》にござります」

「ござります」

礼などいらぬと博雅は思ったのだが、それを口にするよりは、葉二を吹く方が楽しかった。

吹いた。

「おう、もうあんなに生まれて――」

天女が言う。

しかし、博雅には、いったいどこで、何が生まれているのかわからない。

ただ、笛を吹いていると、赤い唐衣を着た女の首が、だんだん前にかたむいてくるのである。

頭が下がってくるのである。

何だろう。

これはいったい何かと思ってはいるのだが、博雅は笛を吹き続けた。

女の首は、ますます下がってくるのだが、それほどつらそうには見えないのである。

それで博雅は、さらにうっとりとなって笛を吹き続けたのであった。

二

翌朝——

博雅は、たれよりも早く眼を覚ました。

蔀戸《しとみど》から洩《も》れてくる朝の光が、何やら白っぽく、ふうわりと明るいのである。

「はて——」

と、博雅は思う。

自分は、昨夜、いずれかでずっと笛を吹いていたのではなかったか。

眠ったと思っていたら、いつの間にか笛を吹かされ、笛を吹いていたと思ったら、いつの間にか眠っていて、今、眼を覚ましたところであった。

「昨夜のあれは、夢であったか——」

博雅は立ちあがった。

まだ、たれも起きてはいないらしい。

あたりは静かであった。

「そうか、今日は正月であったか——」

博雅は、そのことを思い出していた。

博雅は、蔀戸を自分であげた。

そして、驚いた。

庭が、一面、雪でまっ白になっていたのである。

簀子《すのこ》の上に出た。

「ああ、そうであったか——」

博雅はうなずいた。

天女たちが、今年最初に生まれる子らと言っていたのは、この雪のことであったのか

——


すでに、雪はやんでいた。

そして、博雅は気づいたのであった。

雪の庭に、一本の椿《つばき》の樹があって、そこに、一輪だけ、赤い椿が咲いていたのである。

　その椿の花の上にも雪は積もり、その椿は、その雪の重さで、その顔を、博雅に向かって礼を言うように、下げていたのである。

「ああ、昨晩、天でわたしが葉二を吹いていた時、赤い唐衣を着ていたおかたはあなただったのですね」

　博雅がそう言うと、その赤い椿は、うなずくように、こくんと小さく頭を下げた。

　雪が落ちて、椿の美しい顔があがった。

　その椿の花は、一輪だけ長く咲き続け、その年最初の嵐の晩に散ったのであった。

舟

一

魚丸《うをまろ》は、漁師であった。

巨椋池《おぐらいけ》の西岸のほとりに小屋を建て、そこに住んでいる。

魚を獲《と》って暮らしていた。

竹を編んで仕掛けを造り、それに蚯蚓《みみず》などの餌を入れて沈めておけば、魚はいくらでも獲れた。

鯉《こい》、鮒《ふな》、諸子《もろこ》、鰱《たなご》、そして鰻《うなぎ》までがやればやるだけ獲れるのだ。網《あみ》を使えば、さらに獲れる量が増える。

北から流れてきた鴨川、桂川、琵琶《びわ》湖から流れてきた宇治川、そして南の笠置《かさぎ》から流れてきた木津川が流れ込んで、この広大な池を、都の南側に造ったのである。

竹を編んで作った箕《み》で、水際《みぎわ》の水草や葦《あし》の間を掬《すく》えば小魚を数えきれないほど獲ることもできた。魚だけではない。田螺《たにし》や蜆《しじみ》などの貝や亀や鼈《すっぽん》もいる。

魚はどれだけ獲っても減るということがない。

夏には、上《のぼ》ってきた鮎も獲れる。

そういったものを都の市で売って魚丸は暮らしをたてていたのである。

独りものだ。

人からは、巨椋《おぐら》の魚丸と呼ばれていた。

小屋は、池のほとりにある巨きな柳の樹の横に建てられていて、舟を一艘《いっそう》持っていた。

その舟があるおかげで、魚丸は池を自由に動くことができ、魚を獲ることもできたのである。

その魚丸のもとへ、あわわの火丸《ひまろ》という奇妙な老人が訪ねてきたのは、岸のあちらこちらに生えた梅の樹に、ちらほらと白い花が咲くようになってからであった。

夜――

まだ、満月には少し間《ま》のある月が、中天にのぼっていた。

魚丸は、菰《こも》の上で、ぼろぼろになった夜具を頭から被《かぶ》って眠っていた。

川の砂を少し高く盛りあげて、その上に草で編んだ菰を敷いたものを寝床にしていた。

冬は、ありったけのものを着込んで、菰を被り、その上に寝ているのである。

息を鼻から吸い込む度《たび》に、眠りの中にまでほのかに香《かお》ってくるのは梅の匂いであった。

たった一輪だけでも、梅はよく匂う。

それが、三分咲き、四分咲きとなれば、すでにはっきりそれとわかる甘い匂いが夜気に溶けて流れ出す。

そして、土間の炉《ろ》から漂ってくるのは、微《かす》かな火と灰の匂いである。炉では、まだ、赤く熾火《おきび》が燃え残っている。この熾火が、小屋の中をわずかながら暖めているのである。

時おり、岸に近い場所で、

ばさり、

ばさり、

という羽音と水音がするのは、鴨であろうか。

狐か何かが、鴨をねらって近づいたのかもしれない。

半分眠って、半分起きている。

その起きている身体半分で、夜の物音を聴き、眠っている半分で、ぼんやりと考えているのである。

いつまでこの仕事を続けることができるのか。

このところ、夏と冬がきつい。

以前は平気であったことが、だんだんときつくなってきている。

そろそろ五十歳に手が届く頃ではないか。自分の齢《とし》をはっきり覚えているわけではないが、このごろは、冬の寒さも夏の暑さも身にこたえる。
梅の香《か》を嗅ぎながら、眠りの中でそんなことを思っていたその時——
「魚丸どの……」
声がかかった。
魚丸は、寝床の中で眼を開き、薄目を開けて首を持ちあげた。
闇の中で、炉にある熾火が赤く点《とも》っているのが見える。
はて——
今、名を呼ばれたような気がしたが、それは気のせいであったか。
再び眼を閉じようとした時——
「魚丸どの……」
また、声がかかった。
確かに人の声が自分の名を呼んでいる。
しかし——
人から魚丸、魚丸と呼ばれることはあっても、どのをつけて呼ばれることなどない。
とにかく、身を起こした。
起きあがって、入口の菰をあげて、外を見る。
月光の中に、黒い衣《ころも》を着た人が立っていた。

白梅がちらりほらりと咲いている梅の樹の横であった。

その眸《め》が、ふたつの青い熾火のように光っている。

「たれじゃ」

と、問えば、

「あわわの火丸と申します」

その人物が頭を下げる。

初めて聴く名であった。

人か、もののけか。

このような刻限に、そもそも人が歩くのか。

「何のようじゃ」

「お頼みいたしたきことがござりましてな。それも、かような夜分でのうてはならぬこと故、非礼を承知でうかがい申した」

あわわの火丸が、ゆるりゆるりと歩いてきて、魚丸の前で立ち止まった。

懐《ふところ》に手を入れ、

「これを——」

何かを差し出してきた。

魚丸が右手を出すと、その上にぽとりと落ちてきたものがあった。

銭《ぜに》であった。

「こ、これは!?」

「これから頼む仕事の礼じゃ」

「仕事?」

「舟をお貸し願いたい」

「舟を?」

「これから舟を出し、あちらの岸まで行ってもどってくる。乗せるものがあるでなあ。それをあちらの岸まで運んでもらいたいのじゃ」

魚丸は、これまで銭に触れたことはない。

東市《ひがしのいち》で、二度か三度、見たことがあるだけだ。

「そ、それだけでよいのか」

「よい」

言われて、魚丸は、

「やる」

そう答えていた。

二

舟に乗り込んで、火丸は中央のあたりに座した。

魚丸は、舳先《へさき》に立って、竿《さお》を握っている。

「出してくれ」

火丸が言った。

「しかし、まだ、何も――」

乗せるものがあると言っていたはずだが、魚丸と火丸の他、まだたれも舟には乗ってはおらず、荷も乗せていない。

「よい」

火丸が言った。

「乗せるのは、舟が出てからじゃ――」

そう言うので、魚丸は、そのまま竿を差して、舟を出した。

「よい月じゃ」

火丸が、天を見あげてつぶやいた。

暗い水の面《おもて》に、青い月が映っている。

舟が動くと、その舳先から生まれた波が、月を揺らす。

池の中ほどまで来たかと思える頃――

「ここらでよかろう。舟を止めよ」

火丸が言うので、魚丸は、竿を操る手を休めた。

舟が、止まる。

そこで、火丸が立ちあがった。

懐から、紙を巻いたものを取り出し、それをくつろげながら、

「丹波の光遠《みつとお》……」

たれぞの名を呼んだ。

すると――

「はい」

いずこからか答える声があって、舟が、たれか乗り込んできたかのように、ぐらりと揺れた。

ちょうど、人ひとり分の重さほど舟が沈んだのがわかった。

「青墓《あおはか》の片世《かたよ》」

また、火丸がたれぞの名を呼んだ。

「はい」

と、答えるものがあって、舟がゆれ、また人ひとり分ほど舟が沈んだ。

「日下部《くさかべ》の真肩《まとじ》」

と呼べば、

「はい」

と答えたのは、女の声であった。

また舟が揺れて、人ひとり分ほど沈む。

「つづらの川彦《かわひこ》」

「広虫《ひろむし》」

「惟雄《これお》」

火丸が名を呼ぶたびに、

「はい」

と答える声があって、たれか乗り込んできたかのように舟が揺れ、舟が沈む。

火丸が七人目の名を呼んだ時――

「これ以上は無理でござります」

魚丸は言った。

すでに、舟の吃水《きっすい》線がぎりぎりまであがっていて、わずかな波でも、舟の中に水が浸《しん》
入《にゅう》してきそうであった。

「こんなものか……」

火丸がつぶやいた。

「まだ足りぬが、期日までにはまだ間《ま》がある。今夜のところはこれくらいにしておこ

う」

その言葉を聴いて、魚丸はほっとした。

「では、あちらの岸まで――」

火丸が言うので、魚丸は再び竿を操って舟を東の岸へつけた。

「さあ、降りよ」

火丸が言うと、舟が何度か揺れて、沈んでいた舟が、もとのように浮いた。

「もどるぞ」

と言うので、魚丸は、また舟をもとの岸にもどした。

「よい働きじゃ、魚丸どの――」

岸に立って、火丸は言った。

「明日の晩もまた来る故、よろしく頼む」

火丸はそう言って、闇の中へ姿を消した。

魚丸の手に、一枚の銭が残った。

はたして、次の晩も、また次の晩も、火丸はやってきた。

やることは同じだった。

銭一枚をもらって、火丸を乗せて舟を出す。池の中ほどで舟を止めると、火丸が立ちあがって人の名を呼ぶ。

実際には眼に見えないのだが、誰かが乗り込んできたように、舟が重くなる。その見えぬ客たちをあちらの岸に運ぶと舟が軽くなる。

それが八日続いた。

三

「なるほど、そういうことですか」

うなずいて、そう言ったのは、安倍晴明《あべのせいめい》である。

晴明の屋敷の簀子《すのこ》の上だ。

その横に、源 博雅《みなもとのひろまさ》が座している。

そこに座して、まだ陽のあるうちから、晴明は博雅と酒を飲んでいたところだ。

すでに庭の梅は、半分以上が咲いていて、あたりには梅の香りが漂っている。

「はい」

と庭に立って頭を下げたのは、魚丸である。

魚丸に並んで、もうひとりの男が立っている。

鵜匠《うじよう》の千手《せんじゆ》の忠輔《ただすけ》である。

「魚丸に、このことで相談されたのですが、わたしの手に余ることと思い、こうして晴明様のところへやってきた次第にござります」

忠輔は、そう言ってから、魚丸に眼をやった。

忠輔と魚丸は、以前からの知りあいであった。

忠輔自身は、かつて、晴明と博雅に、黒川主《くろかわぬし》の一件で助けてもらったことがあり、以来夏になれば、鴨川で獲れた鮎を晴明に届けている仲である。

それで、忠輔が、魚丸を晴明の屋敷まで連れてきたというわけなのであった。

「で、八日目の晩というのが、昨夜のことであったのか――」

博雅が問う。

「さようで――」

昨夜――

八夜目に、なにかを池の向こうへ運び終えた時、

「六人ずつ八夜で、六・八、四十八じゃ。これほどもおれば、それでよかろうよ」

火丸はそう言って、さらに昨夜は五枚の銭《ぜに》を魚丸に与え、姿を消したというのである。

「何やらおそろしいことに加担しているようで、銭こそいただきましたが、不安で落ちつきません。なにとぞお助けを――」

「ふうむ」

と、杯に手を伸ばしもせずに思案している風の晴明であったが、

「なるほど、そういうことのあるやもしれぬな……」

そうつぶやいた。

「そういうこと？」

　博雅が言う。

「博雅よ、今年は何年だ」

「それをおれに訊くか。寅年《とらどし》ではないか――」

「そうじゃ、それも五黄《ごおう》の寅ぞ」

「それがどうしたのだ、晴明――」

「いや、もしも、おれの思うところが正しければ、今夜、めったに人が見ることのできぬものを見ることができるやもしれぬぞ」

「何のことだ」

「説明をするよりは、まず仕度じゃ」

「仕度？」

「そのめったに見られぬものを見にゆく仕度よ」

「だから、それは何なのじゃ、晴明よ」

「はずれた時のために、それは言わぬでおく――」

「なに？」

「どうだ、ゆくか？」

「どこへだ」

「巨椋池さ。これから仕度を整えれば、日の暮れる前には車で出かけられるだろう。まだ、十分間にあうということさ、博雅――」

「な……」

「どうだ、ゆくか?」

「む、むむ……」

「ゆこう」

「ゆこう」

そういうことになったのである。

四

梅の花の下に、毛氈《もうせん》を敷いている。

晴明と博雅、そして千手の忠輔と魚丸は、その上に座して酒を飲んでいる。

寒さを凌《しの》ぐため、それぞれ傍《かたわら》には火桶《ひおけ》を置いている。

さらに、近くに流木を集め、それを燃やしているのは暖をとるためであり、その炎を灯りとなすためである。

周囲の梅の樹のどれにも花が咲き、それが、たまらぬほどに匂ってくる。

眼の前が巨椋池である。

青い水の面に、月が映っている。

大気はいよいよ青く澄み渡り、時おり博雅が笛を吹く。

今も、その笛の音《ね》が響いている。

水の面に笛の音が触れると、月光は青さをいや増しにも増して、凛々《りんりん》と音《おと》をたてているようでもあった。

音《ね》がやんで、博雅は笛を置いた。

「なあ、晴明よ」

「なんだ、博雅」

「これから、ここで、いったい何が起こるというのだ?」

博雅は、火桶の上に両手をかざしながら、訊ねた。

「もったいぶって、何も口にせぬというのは、おまえの悪い癖《くせ》だぞ、晴明――」

「いや、別にもったいぶっているわけではない。今夜のことで言うなら、それは、おれがどれだけ口で語るよりも、それをその眼で見るというのが一番よいからさ――」

「いや、聞かぬ。今夜ばかりは重ねて訊ねさせてもらおう。なにしろ、おれひとりのことではないからな。おふたりも同じ考えであろう――」

そう言って、博雅は、忠輔と魚丸に視線を向けた。

「はい」

忠輔はうなずいた。

「わたしにも、何が何やらようわかりませぬ。できうることなれば、晴明様のお考えの一端《いったん》なりともうかがわせていただければと思うております……」

魚丸が、そう言い添《そ》えた。

「それでは、多少のところは話をしておこうかよ」

晴明は、杯を手に取り、中の酒を乾《ほ》してから、それをまた置いた。

「魚丸どのが口にされていたことだが、件《くだん》の火丸が、たしか人の名を呼んでいたということであったな」

「うむ」

博雅がうなずく。

「そのうちのおひとりの名に覚えがある」

「ほう？」

「火丸どの、丹波の光遠という名を口にしておられたようだが、このお方は、歌がたくみで、兼家《かねいえ》様に呼ばれて、一年ほど前、丹波より都へ出てきた人物ぞ――」

「そう言えば、その名、耳にしたことがある。しかし――」

「しかし、何だ」

「その光遠どのなら、昨年亡くなられたのではなかったか――」

「その通りじゃ。昨年の秋、雨風の激しく大水の出たことがあった。その折、かような時でなければ作れぬ歌もあると言われて、夜、鴨川まで出かけたところ、流れる水に足元の土を掬《すく》われ、そのまま川に落ちて流されてしまったお方ぞ――」

「そうじゃ。ということは、つまり、光遠どのは――」

博雅の顔を見ていた晴明は、

「うむ」

小さく顎を引いてうなずき、

「おそらく、この世のお方ではない……」

そう言った。

「そして、今夜のことだ」

「な、なんと……」

「今夜?」

「今年は、五黄の寅だ」

「それがどうしたのだ」

「天一神《なかがみ》が、三十六年ぶりに大渡りをする年ぞ」

「なに!?」

「五黄の寅というのは、三十六年に一度巡ってくる。しかも、今、天一神は東におられる。なお言うておけば、今年最初の、四方位のお渡りで、東から西へ。いつもであれば、あわわの辻《つじ》を東から西へ渡られるところ、大渡りの時は、少し南にずれる。で、今年の大渡りは、ちょうど、この巨椋池の上を渡られることになる……」

「な、なに!?」

「しかも、六人ずつ八日にわたって四十八人――この数を何と見る、博雅よ――」

「何と見ると言われても……」

博雅が言った時、晴明の視線が東の方《かた》へ動いた。

「おう、始まったようだぞ、博雅よ――」

晴明が言った。

博雅、忠輔、そして魚丸の視線がそちらへ向けられた。

巨椋池の東岸のあたり――

深い闇の奥に、

ぽっ、

と、灯りが点った。

「なんじゃ、あれは……」

博雅が声をあげる。

見ている間にも、

ぽっ、

ぽっ、

と、点る灯りの数が増えてゆく。

その灯りが動き出した。

こちら——つまり、西岸に向って。

「近づいてくる……」

博雅が立ちあがっていた。

すでに、晴明も立ちあがっている。

「なんと——」

「これは——」

魚丸と忠輔も立ちあがってその灯りを見つめている。

巨椋池の水の上を、それが、しずしずと、ゆっくり近づいてくるのである。

その、柔らかな灯りの色が、水の面に映っている。

それが、二列になって続いているのである。

「博雅よ、灯りの数は幾つだ」

晴明が問う。

ひとつ……

ふたつ……

と数えて、

「四十八だ……」

博雅がつぶやいた。

「であろうな」

「どういうことなのだ、晴明――」

近づいてくるにしたがって、その灯りを持っているのが、人の姿をしたものであることが見えてきた。

月光の中を、四十八人の人が、二十四人ずつ、二列になって歩いてくるのである。いずれも、左手に灯りを持ち、右手に綱《つな》を握って、それを引いているのである。

男もいれば、女もいる。

引いている綱は、二本である。

一本につき、二十四人、合わせて四十八人が、綱を引きながら、素足で、水の面をひたひたと踏みながら近づいてくるのであった。

綱は、よく見れば、黄、赤、青、黒、白、五色の糸を縒《よ》り合わせたものである。

そして、その二本の五色の綱に引かれているのは、車の付いたきらびやかな輿《こし》であった。
その上に、小さな、童《わらべ》としか見えぬような人——ものが座っていた。
頭には、金の飾りの下がった帽子を被《かぶ》っている。
それが、輿に乗って、ゆるゆると巨椋池の水の面を近づいてくるのである。
先頭が、岸にあがり、梅や柳の間を次々に通りすぎてゆく。
やがて、輿の車がゆく——
「あれが、天一神《なかがみ》どのぞ……」
晴明が、囁《ささや》くように言った。
「あの、子供のようなお方が——」
「うむ」
晴明と博雅が、言葉を交している間にも、それが、すぐ目の前を通り過ぎてゆく。
その輿の後ろに続くのは、鬼の群であった。
脚一本の魚。
羽根のかわりに手で舞う鳥。
ひとつ目の大入道。
戸板に手足の生えたるもの。
狐の顔して、唐風《から》の衣着たる男と女。

足生えたる鍋。
牛の顔したるもの。
馬の顔したるもの。
毛の生えたもの。
鱗《うろこ》あるもの。
くねるもの。
這うもの。
声出すもの。
出さぬもの。
笑い声あげたる猫の二本足で歩くもの。
後ろ向きに歩く顔ある文机《ふづくえ》。
得体の知れぬもの。
黒きもの。
細きもの。
太きもの。
逆立ちしてゆく蝦蟇《がま》。
脚ある蛇。

のっぺらぼう。

ありとあらゆる鬼が、輿の後から月光の中を続いてゆくのである。

梅の間をゆくのである。

梅の香りが、芬々《ふんぷん》と匂うているのである。

そして、一番最後に歩いてきたのが、件の火丸であった。

火丸は、晴明たちに近づいてくると、

「これはこれは、土御門《つちみかど》の安倍晴明様ではございませぬか——」

そう言って、頭を下げた。

「そちらにおわすは、源博雅様とあれば、先ほどあちらに届いてきた笛の音は、博雅様がお吹きになられていたものでございますね」

それから、火丸は、魚丸に顔を向け、

「今度《こたび》はいろいろとお世話になり申した。おかげで、天一神様の大渡りもぶじにやれそうでございます」

「そなたは？」

博雅が問えば、

「わたしは、あわわの辻に近い小さな不動尊の下にて、いつも眠っている老いた黒犬にございます。晴明様、博雅様のお姿は、何度か拝見したこともございますよ」

慇懃《いんぎん》に、火丸は言った。

「今度は、天一神様におおせつかって、巨椋池をゆくおりの大渡りの輿を引くものを捜しておりました。ちょうど、昨年、大水が出て、あちらこちらの川から人が流されて、その屍体《かばね》が巨椋池の水中に沈んでおります。その方々を集めて、輿を牽《ひ》かせたらどうかと、天一神様に申しあげましたところ、それがよいと仰《おお》せになられたので、魚丸どのにお世話になった次第にござります——」

「その人数が、四十八人というのは?」

これは、博雅が訊ねた。

「いつも、この西への大渡りのおりには、天一神様、西方極楽浄土の阿弥陀如来《あみだにょらい》様のもとまで、御挨拶《ごあいさつ》にうかがいます。なれば、ちょうど、四十八人、まだ浮かばれぬものたちを引き連れて、あちらの地までゆこうと、天一神様が仰せになられまして——」

「やはり、そうでござりましたか——」

晴明が言うと、火丸はうなずき、頭を下げて——

「では——」

そう言って、行列の後を追ったのである。

しばらくは見えていた、四十八の灯りと、天一神と百鬼夜行する鬼の群も、やがて、梅の香にまぎれるようにして、見えなくなった。

全てが、闇に消えて、残るのは水面を照らす月明りと、梅の香だけとなった時——

「なあ、晴明よ——」

博雅が口を開いた。

「なんだ、博雅」

「あの、輿を引いていたものたちだが、どうして四十八人なのじゃ」

「それは、天一神の大渡りされる時、会いにゆかれるのが、阿弥陀如来であるからよ」

「だから、それが、どうしてなのだ」

「阿弥陀如来は、かつて、四十八の願《がん》を発願《ほつがん》され、それを成就《じようじゆ》なされて如来となられたお方ぞ。その、四十八の願になぞらえて、天一神どの、四十八人のものたちを、浄土まで連れてゆくことにされたということであろうよ——」

晴明は言った。

「なるほど、さようのことであったかよ——」

博雅がうなずくと、

「ありがとうございます。晴明様、博雅様。今度はたいへんお世話になりました」

魚丸が頭を下げてきた。

「いえ、わたしは、何もしてはおりませんよ。それよりも、むしろ、今夜は、かような珍らしいものを見る機会を得ることができて、こちらこそ御礼を申しあげます」

晴明が、丁寧《ていねい》に頭を下げた。

顔をあげた晴明は、夜気の中に漂う梅の香をひとしきり嗅いで、

「博雅よ、笛を——」

そう言った。

「また、おまえの笛が聴きたくなった。今吹けば、西への大渡りの途中にある天一神どのの耳にもまだ届くであろうよ」

「うむ」

と答えて、博雅は、懐より葉二《はふたつ》をとり出して、それを唇にあてた。

なんとも言えぬ音色が、葉二から滑り出てきた。

梅の香に、その音が優しく溶けた。

あとがき

1

そもそものきっかけというのは、三年ほど前のパリだったと思う。

フランスのストラスブールとパリで、陰陽師をテーマにして講演をしてきたのである。

そのおりに、この講演をアレンジしてくれて、フランス滞在中、色々ぼくの面倒をみてくれたのが、Ky（キイ）というデュオでサックスを吹いているパリ在住の仲野麻紀さんだった。

講演のあとも、ぼくはしばらくパリにいて、ホテルでぽつりぽつりと原稿を書いたりしていたのだが、この間に、Kyがコンサートをやることになった。

Ky——ウードを弾くヤン・ピタールと、サックスを吹く仲野麻紀、この二名にトマという、何でも叩いて不思議な音をこの世に生み出すミュージシャンが加わってのコンサートである。

いったい、どういうはずみであったのか、このトリオに混ざって、ぼくが朗読することになってしまったのは、やはりそこが異国であったというのが大きかったのだと思う。日本だったら、たぶんやってなかったのではないか。

朗読したのは、その時、パリのホテルで書きあげたばかりの『陰陽師』である。

やってみたら、はまってしまった。

もともと、ぼくはオンチであり、上手に歌を唄えない。楽器はいじれないし、音符はもちろん読めず、そもそも、音楽というものを、自分の生活の中に積極的に取り込むという習慣が、普通の人に比べれば、それほどなかったのである。

買ったレコードや、ＣＤは、もちろん何枚かはあるし、好きな歌や歌手もいないわけではない。

でも、

「趣味は音楽です」

とは、とても口にできるほどの素養も、体験もない人間だったのである。

少なくとも、自分ではそう思っていた。

しかし、ああた、これがやってみたら、はまってしまったんですね、繰り返しますけど。

体験としてね、凄く新鮮でした。

驚きましたよ。

これまで、音楽と言えば、向こうから聴こえてくるものでした。舞台から、スピーカーから、あるいはどこかから、ぼくのところへ聴こえてくるのが音楽でした。

ところが、一緒にやってみたら、これが凄いんですよ。音が、音楽が、ぼくの周囲で生まれて、育って、消えて、また生じて、続いてゆく――その音楽の中に、ぼくが浮いているんですね。生じて、持続して、消えたり、生まれたり、からみあったりする宇宙の中に、ぼくがいて、ぼくがその音の中に混ざっている、参加している、溶けている。この感覚が凄かった。

で、もうひとつ。

人前に出て、何かをする――それは、これまでもやったことがあります。格闘技のことを語ったり、空海のことをしゃべったり、自分が書いた物語『大江戸恐龍伝』の主人公平賀源内について話をしたり――でも、そういうことと、この音楽の中で朗読をするというのとは、少し違うんですね。

どう違うのか。

これは、うまく説明できません。

そうですね、神サマの話にたとえましょうか。

たとえば、音楽というのは、神への供物《くもつ》なんですね。

どこかにいる神サマへの捧げもの。

自分の、肉や、想いや、様々なものをそこで、投げ出して、贄《にえ》とする行為ですよ。

そういうところが、講演をしたりすることとは、ちょっと違っているのかなという気がしています。気がしているだけなのかもしれませんけど。

でね――

そういう時、自分が、神への供物として、あるいは贄《にえ》として、ふさわしいのかどうか――それを考えてしまうんですね。

お客様のいる前で、そういうことをするにあたいするだけのものが自分にあるのかどうか。

不安になりますよ。

上手にできるかどうか。

失敗しないかどうか。

人の前に立って、神の前に立って、何ごとかをする人間として、自分はふさわしいのか――

そういう思いに、襲われて、足が震えそうになって、逃げ出したくなる。

でも、その時間がどんどん近づいてくる。

その時にね、肚《はら》をくくる瞬間があるんです。

どうなってもいい。

言いわけしない。

自分にできることを、全力でやる。

それしかない。

急にね、そこで、肉体がうらがえってしまうような感覚と言うんでしょうか。

その、自分が、何者かになる瞬間に立ちあうというのが、なんともなんとも、凄い体験だったのですよ。

で、日本に帰ってからも、Kyが日本にやってくる時には、一緒に何かをやる——つまり、人前で何かを朗読するというようなことをやるようになってしまったんですね。

能楽堂でやったり、ジャズバーでやったり、色々なところでやりました。

昨年は、なんと、作曲家の松下功さんのお誘いを受け、藝大の奏楽堂で、ピアノの山下洋輔さん、尺八の山本邦山《ほうざん》さん、ヴァイオリンの松原勝也さん、こんな凄い方たちと一緒にやらせていただきました。

夢のような時間でしたよ。

違う宇宙で、魂が遊んでいるような時間でした。

で、今年は今年で、十月に京都の下鴨神社でやりました。

Kyの他に、ピアノのバート・シーガー、ベースの吉野弘志、ドラムの池長一美――ぼくを合わせて、六人でやりました。

ゲストのトークは、文化人類学者の小松和彦さん。

朗読したのは、陰陽師の『霹靂神《はたたがみ》』。

博雅の笛と、蟬丸法師の琵琶、そして霹靂神の宿った制吒迦《せいたか》童子の羯鼓《かっこ》が、晴明の庭でセッションをするお話です。

場所は、賀茂氏にゆかりある下鴨神社です。

出だしが、

「秋の陽差しの中で、菊が匂っている」

ですので、会場には菊の花も用意したりいたしました。

これもまた、楽しい夢のような時間でありました。

今回のあとがきは、その報告をしたかったのでありました。

それでまた、来年は来年（二〇一四）で、こんどは、五月に高野山《こうやさん》で、似たような空海をテーマにした朗読コンサートをやる予定になっているのであります。

予定ですよ、予定――

実現すればいいなと、思っております。

2

で、もうひとつ。

今回収められている『仙桃奇譚』について——

このお話、実は、渡辺真理さんにテーマをいただいたものなんですね。

『陰陽師』のムック本を出すことになって、その中で、真理さんと対談させていただいたんですね。

その時に、ぼくは調子にのって、次のようなことを真理さんにお願いいたしました。

「小説を書く時、ゼロの状態からアイデアを考えるより、何らかの制約があった方が作りやすいんです。ぜひ、何かお題をいただけませんか。次の『陰陽師』は、そのお題を素材にして書きますので——」

それで、いただいたお題が、

「桃」

でした。

で、書いたのが『仙桃奇譚』。

なかなかおもしろい話にしあがったと思っているのです。

で、さらにもうひとつ。

ぼくの書いている、『陰陽師』ではない別の物語のお話です。

今年、これまでずっと中断していた『幻獣少年キマイラ』のシリーズをようやく再開いたしました。

幻獣をその体内に宿してしまった、美しい少年の物語です。

三〇年以上書き続けてきて、まだ終っておりません。

連載しているのは朝日新聞出版の『一冊の本』です。

ノベルスを朝日新聞出版から——

文庫をKADOKAWAの角川文庫から、出させていただいています。

『陰陽師』と同様に、愛着ある物語です。

そのことを、皆様にお知らせしておきたくて、この場をおかりいたしました。

なんとも愛《かな》しく、なんとも美しい物語です。

3

というわけで、『陰陽師』、まだまだ続きます。
よろしくどうぞ。

二〇一三年十一月十二日　小田原にて——

夢枕獏

夢枕獏公式ホームページ「蓬莱宮」アドレスhttp://www.digiadv.co.jp/baku/

初出掲載

鬼市	オール讀物	二〇一二年　五月号
役君の橋	オール讀物	二〇一二年　六月号
からくり道士	オール讀物	二〇一二年　七月号
蛇の道行	オール讀物	二〇一二年　八月号
月の路	オール讀物	二〇一二年　九月号
蝦蟇念仏	オール讀物	二〇一二年　十月号
仙桃奇譚	オール讀物	二〇一二年　十一月号
安達原	オール讀物	二〇一二年　十二月号
首をかたむける女	オール讀物	二〇一三年　一月号
舟	オール讀物	二〇一三年　三月号

単行本　二〇一四年一月　文藝春秋刊

文春文庫

陰《おん》陽《みよう》師《じ》　蒼猴《そうこう》ノ巻《まき》

定価はカバーに表示してあります

2016年6月10日　第1刷
2023年9月15日　第2刷

著　者　夢《ゆめ》枕《まくら》　貘《ばく》
発行者　大沼貴之
発行所　株式会社　文藝春秋

東京都千代田区紀尾井町3-23　〒102-8008
TEL　03・3265・1211㈹
文藝春秋ホームページ　http://www.bunshun.co.jp

落丁、乱丁本は、お手数ですが小社製作部宛お送り下さい。送料小社負担でお取替致します。

印刷製本・凸版印刷

Printed in Japan
ISBN978-4-16-790627-6